밤에
우리
영 혼 은

Our Souls at Night
by Kent Haruf

*Our
Souls
at Night*

밤에
우리
영혼은

켄트 하루프
김재성 옮김

mujintree
뮤진트리

▪ 일러두기

- 이 책은 Kent Haruf의 《Our Souls at Night》(Knopf, 2015)를 우리말로 옮긴 것이다.
- 본문에 나오는 도서나 영화 등의 제목은 원 제목을 번역 표기하는 것을 원칙으로 하되, 국내에 번역 출간 및 소개된 작품은 그 제목을 따랐다.
- 옮긴이 주는 괄호 안에 줄표를 두어 표기했다. 예: (—옮긴이)

캐시에게

1.

그러던 어느 날 애디 무어는 루이스 워터스를 만나러 갔다. 오월, 아직 완전히 어두워지기 바로 전의 저녁이었다.

두 사람은 시더 스트리트에서 한 블록을 사이에 두고 살았다. 느릅나무와 팽나무들, 그리고 한 그루 단풍나무가 길가에 늘어서서 자라고 거기서부터 이층집들 앞까지 푸른 잔디가 펼쳐져 있는 이 도시에서 가장 오래된 마을이었다. 낮 동안 더웠으나 저녁이 되며 선선해졌다. 보도를 따라 나무그늘 아래를 걷던 그녀의 발길이 루이스의 집 쪽으로 접어들었다.

루이스가 문을 열고 나타나자 그녀가 입을 열었다. 들어가 얘기 좀 해도 되겠어요?

그들은 거실에 앉았다. 마실 것 좀 줄까요? 차라도?

아니, 괜찮아요. 차를 마실 만큼 오래 있지 않을지도 몰라요. 그녀는 주위를 둘러보았다. 집이 좋아요.

다이앤은 늘 집안을 잘 가꿨죠. 난 그냥 조금 노력했고요.

여전히 좋아 보이네요. 그녀가 말했다. 몇 년 만인지 모르겠어요.

　그녀는 밤이 내리고 있는 창밖 마당을, 그리고 개수대와 조리대에 한줄기 빛이 내려앉은 주방을 바라보았다. 모두 깔끔하고 단정해 보였다. 그는 그녀를 바라보고 있었다. 미인이라고, 그는 언제나 생각했었다. 젊을 적에는 짙었던 머리칼이 이제 백발이었고 짧게 잘려 있었다. 허리와 엉덩이에 군살이 좀 붙었을 뿐 몸매도 아직 날씬했다.

　내가 왜 왔나 궁금하겠죠. 그녀가 말했다.

　글쎄요, 집이 좋다는 말을 하러 온 건 아닐 거구요.

　그건 아니에요. 제안을 하나 하려고요.

　그래요?

　네. 일종의 프러포즈랄까.

　그렇군요.

　결혼은 아니고요. 그녀가 말했다.

　아닐 거라고 생각했어요.

　하지만 약간 결혼 비슷한 것이긴 해요. 그런데 말을 할 수 있을지 모르겠어요. 겁이 나네요. 그녀가 소리 내어 조금 웃었다. 이렇게 말해놓고 보니 정말로 결혼과 비슷하군요.

　뭐가요?

　겁이 난다는 게요.

그럴지도 모르겠네요.

좋아요. 음, 이제 말할게요.

듣고 있어요. 루이스가 말했다.

가끔 나하고 자러 우리 집에 올 생각이 있는지 궁금해요.

뭐라고요? 무슨 뜻인지?

우리 둘 다 혼자잖아요. 혼자 된 지도 너무 오래됐어요. 벌써 몇 년째예요. 난 외로워요. 당신도 그러지 않을까 싶고요. 그래서 밤에 나를 찾아와 함께 자줄 수 있을까 하는 거죠. 이야기도 하고요.

그는 그녀를 바라보았다. 호기심과 경계심이 섞인 눈빛이었다.

아무 말이 없군요. 내가 말문을 막아버린 건가요? 그녀가 말했다.

그런 것 같네요.

섹스 이야기가 아니에요.

그렇잖아도 궁금했어요.

아니, 섹스는 아니에요. 그런 생각은 아니고요. 나야 성욕을 잃은 지도 한참일 텐데요. 밤을 견뎌내는 걸, 누군가와 함께 따뜻한 침대에 누워 있는 걸 말하는 거예요. 나란히 누워 밤을 보내는 걸요. 밤이 가장 힘들잖아요. 그렇죠?

9

그래요. 같은 생각이에요.

잠을 좀 자보려고 수면제를 먹거나 늦게까지 책을 읽는데 그러면 다음날 하루 종일 몸이 천근이에요. 나 자신에게는 물론이고 다른 사람에게도 아무 쓸모없게 돼버리는 거죠.

나도 경험해봐서 알아요.

그런데 침대에 누군가가 함께 있어준다면 잠을 잘 수 있을 것 같아요. 좋은 사람이, 가까이 있다는 것. 밤중에, 어둠 속에서, 대화를 나누는 것. 그녀가 말을 멈추고 기다렸다. 어떻게 생각해요?

모르겠어요. 언제 시작하고 싶은데요?

언제든 당신이 원할 때요. 괜찮다면, 그녀가 말했다, 이번 주라도.

생각해보죠.

좋아요. 대신 올 거면 그날 미리 전화로 알려줘요. 올 거라는 걸 알고 있게요.

그럴게요.

연락 기다릴게요.

내가 코를 골면 어쩌죠?

골면 고는 거죠 뭐. 아니면 고치거나.

그가 웃음을 터뜨렸다. 그럴 리는 없고요.

그녀가 자리에서 일어나 밖으로 나가 집으로 돌아갔다. 그는 현관에 선 채, 그녀를, 길모퉁이 가로등 불빛 속에서 나무 아래를 걸어가는 중간 체구에 머리는 백발이 된 일흔 살의 여자를 바라보았다. 원 이게 대체. 그가 말했다. 자, 괜히 앞서갈 것 없어.

2.

이튿날 루이스는 메인 스트리트의 이발소에 가 머리를 짧고 깔끔하게 거의 까까머리로 잘랐다. 아직 손님들에게 면도도 해주느냐는 질문에 이발사가 그렇다고 대답하자 면도까지 받았다. 그리고 집에 돌아가 애디에게 전화를 걸어 말했다. 아직도 괜찮다면 오늘 밤 찾아가고 싶어요.

물론이에요. 그녀가 말했다. 그러기로 결정했다니 기뻐요.

그는 샌드위치와 우유만으로 가벼운 저녁을 먹었다. 배가 잔뜩 불러 묵지근한 몸으로 그녀의 침대에 누워 있고 싶지 않아서였다. 그리고 꼼꼼히 때를 밀어가며 뜨거운 물로 오래 샤워를 했고 손발톱도 깎았다. 어두워지자 그는 잠옷과 칫솔이 든 종이봉지를 들고 뒷문을 통해 나가 골목길을 걸어 올라갔다. 골목은 컴컴했고 발밑의 자갈들이 삐걱삐걱 소리를 냈다. 건너편 집에 불이 밝혀 있었고 주방 개수대 앞에 서 있는 여자의 형체가 눈에 들어왔다. 그는 차고와 정원을 지나 애디 무어의 뒷마당에 들어가 뒷문을 두드렸다. 퍽 오래 기다렸다. 전조등을 켠 차 한 대가 집 앞을 지나가는 것이 보였다. 메인 스트리트의 고등학교 아이들이 서로 경적을 울려대는 소리도 들렸다. 그때 머리 위 전등이 켜지면서 문이 열렸다.

왜 뒤에서 이러고 있어요? 애디가 말했다.

사람들 눈에 덜 띌 것 같아서요.

나는 그런 건 신경 안 써요. 어차피 다 알게 될 거고요. 누군가가 보겠죠. 앞쪽 보도를 걸어 앞문으로 오세요. 사람들이 어떻게 생각하는지 관심 갖지 않기로 결심했으니까요. 너무 오래, 평생을, 그렇게 살았어요. 이제 더는 그러지 않을 거예요. 이렇게 뒷골목으로 들어오면 마치 우리가 몹쓸 짓이나 망신스럽고 남부끄러운 일을 하는 것 같잖아요.

이 작은 도시에서 너무 오랜 세월을 선생으로 살아왔어요. 그가 말했다. 그 때문이죠. 하지만, 알았어요. 다음번에는 앞문으로 올게요. 다음번이 있다면.

없을 거라고 생각해요? 그녀가 말했다. 이게 그러면 그냥 하룻밤뿐인가요?

모르겠어요. 어쩌면요. 게다가 물론 섹스도 없는 하룻밤이죠. 이게 어떻게 될지 모르겠어요.

아무런 믿음도 없어요? 그녀가 말했다.

당신에 대해서는 있어요. 당신은 믿을 수가 있어요. 그건

이미 알아요. 다만 내가 당신과 똑같을 수 있는지 확신이 안 서네요.

그게 무슨 말이죠? 뜻을 모르겠어요.

용기에 대한 말이에요. 그가 말했다. 모험에 뛰어드는 의지랄까요.

아, 하지만 이렇게 여기 왔잖아요.

그래요. 왔죠.

그러면 어서 들어와요. 밤새도록 이렇게 여기 서 있을 필요는 없으니까. 아무리 부끄러운 일이 아니더라도 말이에요.

그는 그녀를 따라 뒷문을 통해 주방으로 들어갔다.

먼저 술 한잔 함께 해요. 그녀가 말했다.

좋은 생각이에요.

와인 마셔요?

조금.

맥주가 더 좋아요?

네.

다음에는 맥주를 사놓을게요. 다음번이 있다면. 그녀가 말했다.

그게 농담인지 아닌지 그는 알 수 없었다. 그래요, 있다면요. 그가 말했다.

화이트와 레드, 어떤 걸로 할래요?

화이트로 할게요.

그녀는 냉장고에서 와인 병을 꺼내 잔 두 개에 반씩 따르고 주방 테이블 앞에 앉았다. 그 종이봉지는 뭐예요? 그녀가 말했다.

잠옷이에요.

그러면 적어도 한 번은 시도할 준비가 되어 있는 거네요.

그래요. 그런 거죠.

그들은 와인을 마셨다. 조금 더 마실래요?

아뇨, 됐어요. 집 안을 둘러봐도 될까요?

방들이며 배치를 보여 달라는 거죠?

그냥 내가 있는 이곳을 물리적으로 좀 더 알고 싶어요.

필요하다면 어둠을 뚫고 빠져나갈 수 있게 말이죠.

음, 아니, 그런 건 아니고요.

그녀가 일어났고 그는 그녀를 따라 다이닝룸을 거쳐 거실에 들어섰다. 그리고 세 개의 침실이 있는 이층으로 향했다. 정면에 위치하여 거리가 내려다보이는 큰 방이 그녀의 것이었다. 우리가 항상 잔 곳이에요. 그녀가 말했다. 뒤쪽에 있는 방이 진의 침실이었고 다른 방은 서재로 함께 썼어요.

복도에 화장실이 하나 있었고 아래층 다이닝룸 옆에 또 하나가 있었다. 침실에 놓인 침대는 킹사이즈였으며 가벼운 면 이불이 펼쳐져 있었다.

어때요? 그녀가 말했다.

생각했던 것보다 집이 크네요. 방도 많고요.

우리에게 좋은 집이었죠. 난 여기서 44년을 살았어요.

다이앤과 내가 이 동네로 들어오고 2년 뒤였군요.

아주 오래전이죠.

3.

화장실 잠깐 다녀올게요. 그녀가 말했다.

그녀가 방을 비운 사이에 그는 옷장 위와 벽에 놓이거나 걸린 사진들을 바라보았다. 칼과의 결혼식 날 어느 교회 계단 위에서 찍은 가족사진들, 산속 샛강에서 부부가 함께 찍은 사진, 흰색 바탕에 검정 얼룩이 박힌 조그만 개의 사진. 그는 칼을 조금 알았다. 비교적 침착하고 괜찮은 남자였다. 20년 전, 홀트 카운티 거주민 전체에게 농작물 보험을 비롯한 갖가지 보험 상품들을 팔았고 이 도시의 시장을 두 차례 지낸 적도 있었다. 하지만 잘 알지는 못했다. 지금 생각해보면 다행이었다. 아들의 사진들도 있었다. 진은 부모 어느 쪽과도 닮은 데가 없었다. 키 크고 마른 몸에 아주 진지해 뵈는 소년이었다. 딸아이의 어린 시절 사진들도 두 장 있었다.

그녀가 돌아오자 그는 말했다. 나도 갔다올게요. 그는 화장실에 들어가 소변을 보고 손을 꼼꼼히 씻고 치약을 조금짜 이를 닦은 다음 신발과 옷을 벗고 잠옷으로 갈아입었다.

그리고 벗은 신발과 그 위에 개켜 얹은 옷을 문 뒤 구석에 두고 방으로 돌아갔다. 실내복으로 갈아입은 그녀는 침대 위에 올라가 있었다. 그녀 쪽 탁자 위의 램프가 켜 있었고 천장 등은 꺼져 있었다. 조금 열린 창으로 선선하고 부드러운 미풍이 들어왔다. 그가 침대 옆에 가 서자 그녀는 시트와 담요를 젖혔다.

들어오죠?

그럴까 생각 중이에요.

침대 위로 올라간 그는 한쪽에 멀찌감치 누워 담요를 위로 끌어올렸다. 그리고 한 마디도 하지 않았다.

무슨 생각을 하고 있어요? 그녀가 말했다. 너무 조용하군요.

이게 얼마나 이상한지, 여기 있다는 게 얼마나 낯선지, 내가 얼마나 자신이 없고 공연히 불안한지, 뭐 그런. 딱히 무슨 생각을 하고 있는지 나도 모르겠어요. 그냥 뒤죽박죽이에요.

정말로 낯설죠? 그녀가 말했다. 그래도 좋은 쪽의 낯섦 같아요. 그렇지 않아요?

나도 그렇게 생각해요.

자기 전에 보통 뭘 해요?

뭐, 열 시 뉴스를 보고 침대로 들어가서 책을 읽다 잠이 들어요. 하지만 오늘 밤은 잘 수나 있을지 모르겠군요. 너무 긴장해서요.

불을 끄려고요. 그녀가 말했다. 그래도 이야기를 계속할수 있어요. 그녀가 불을 끄러 몸을 돌렸다. 그는 불빛 아래드러난 그녀의 매끄러운 벗은 어깨와 밝은 머리카락을 바라보았다.

방이 껌껌해졌다. 바깥에서 들어온 희미한 빛밖에는 없었다. 그들은 서로를 좀 알아가기 위해 먼저 소소한 것들에 관한 이야기를 나눴다. 이 고장의 자잘한 일상들, 두 사람의 가운데 사는 이웃 할머니 루스의 건강 상태, 그리고 버치 스트리트의 도로 포장 문제 같은 것들이었다. 그리곤 둘 다 다시말이 없었다.

얼마 후 그가 입을 열었다. 아직 깨어 있어요?

네.

무슨 생각을 하고 있냐고 내게 물었죠? 그중 하나는 내가칼과 아주 친하지 않았던 게 다행이라는 거였어요.

왜요?

아주 친했더라면 여기 있는 게 이렇게 좋지 않았을 테니까요.

하지만 나는 다이앤과 상당히 친했는걸요.

한 시간 후 그녀는 조용한 숨소리를 내며 잠이 들어 있었다. 그는 아직 깨어 있었다. 깨어 그녀를 바라보고 있었다. 희미한 불빛 속에 그녀의 얼굴이 보였다. 두 사람은 서로를 한 번 만져보지도 않았다. 새벽 세 시에 화장실에 갔다 온 그는 창문을 닫았다. 바람이 들어오고 있었기 때문이다.

동이 트자 그는 일어나 화장실에서 옷을 갈아입고 나왔다. 그리고 침대 속의 애디 무어를 다시 바라보았다. 그녀도 이제 깨어 있었다. 또 봐요. 그가 말했다.

정말로요?

정말로요.

그는 밖으로 나가 보도를 따라 이웃들의 집들을 지나 자기 집으로 돌아왔다. 커피를 내려 마시고 토스트와 달걀로 아침을 먹고 두어 시간 정원 일을 한 뒤 안으로 들어가 주방에서 이른 점심을 먹고 오후에는 두 시간 동안 깊은 낮잠을 잤다.

4.

그날 오후 낮잠에서 깬 그는 몸이 좋지 않다는 것을 알았다. 일어나 물을 좀 마셔봤으나 온몸에 열이 났다. 생각을 조금 한 뒤 그는 그녀에게 전화를 걸어 말했다. 방금 낮잠을 자고 일어났는데 몸이 좋지 않네요. 복통도 조금 있고 허리도 아파요. 미안해요. 오늘 밤에는 못가겠어요.

알았어요. 그녀는 말하고 전화를 끊었다.

그는 주치의 사무실에 전화를 걸어 다음 날 아침으로 예약을 했다. 그리고 일찍 잠자리에 들었다. 밤새도록 땀만 흘렸을 뿐 잠은 오지 않았다. 아침에는 입맛도 없었다. 열 시에 만난 주치의는 그에게 병원으로 가서 혈액과 소변 검사를 하라고 했다. 그는 로비에서 검사 결과를 기다렸다. 요도 감염이었다. 그길로 입원했다.

항생제를 먹고 오후 대부분을 자고 났더니 이번에도 밤잠을 설쳤다. 아침이 되자 그래도 몸이 한결 나았다. 하루만 더지나면 퇴원할 수 있을 거라고 했다. 그는 아침과 점심을 먹고 낮잠을 짧게 자고 세 시쯤 일어났다. 침상 옆에 그녀가 앉아 있었다. 그는 그녀를 바라보았다.

거짓말이 아니었네요. 그녀가 말했다.

거짓말일 거라고 생각했어요?

아프다는 건 핑계일 뿐이라고, 나와 밤을 보내지 않기로 한 거라고 생각했어요.

그렇게 생각할까 봐 걱정이 되긴 했어요.

이루어지지 않을 일이라고 생각했어요. 그녀가 말했다.

어제, 어젯밤, 오늘, 줄곧 당신 생각을 했어요. 그가 말했다.

무슨 생각이었는데요?

당신이 내 전화를 오해할 거라는 것. 앞으로도 당신과 함께 밤을 보내고 싶다고 말하겠다는 것, 내가 이만큼 흥미를 느낀 일은 아주 오랫동안 없었다는 것.

전화를 하지 그랬어요. 그렇게 다 말을 하지 그랬어요.

역효과가 날 수도 있을 것 같았거든요. 괜히 더 거짓말처럼 들릴 수도 있고요.

그래도 그리 해봤더라면 좋았을 텐데.

당신 말이 옳아요. 그런데 내가 이 병원에 있는 건 어떻게 알았어요?

오늘 아침에 옆집 루스하고 이야기를 하는데, 루이스 소식

들었어요? 하는 거예요. 무슨 소식요? 하고 묻자, 입원했어요, 해요, 어디가 안 좋대요? 무슨 감염이라고 하데요. 그래서 알게 됐죠. 그녀가 말했다.

난 당신에게 거짓말은 안 할 거예요. 그가 말했다.

좋아요. 우리 서로에게 거짓말은 안 하기예요. 그래서 다시 올 거예요?

기분이 나아지고 몸이 회복됐다는 확신이 오는 대로 갈게요. 이렇게 당신을 보니 참 좋군요. 그가 말했다.

고마워요. 지금은 좀 텁수룩해 보이네요.

얼굴을 다듬을 틈이 없어서.

그녀가 소리 내어 웃었다. 상관없어요. 그런 뜻은 아니고, 그저 한 소리예요. 그냥 그렇게 보인다는.

음, 당신은 아주 좋아 보여요. 그가 말했다.

딸에게 전화했어요?

걱정하지 말라고 했죠. 하루만 더 있으면 퇴원한다고, 걱정할 문제가 아니라고, 괜히 결근할 필요 따위 없다고. 이정도 일로 굳이 먼 길 달려올 필요는 없잖아요. 콜로라도 스프링스에 살아요.

알아요.

나처럼 교사고요. 그가 잠시 말을 멈췄다. 뭘 좀 마시겠어요? 간호사를 부를 수도 있는데.

아니에요. 이제 집에 가볼게요.

퇴원해 몸이 좋아지거든 전화할게요.

알았어요. 그녀가 말했다. 벌써 맥주까지 사뒀다니까요.

그녀가 병실에서 나갔다. 그녀가 걸어 나가는 모습을 지켜본 뒤 그는 침대에 몸을 눕히고 잠을 청했다. 그런데 마침 저녁식사가 들어왔다. 그는 뉴스를 보며 저녁을 먹은 다음 텔레비전을 껐다. 그리고 창밖으로 눈길을 돌려 도시 서쪽의 평원이 어두워지는 것을 바라보았다.

5.

그는 이튿날 오후에 퇴원했다. 하지만 당초 의사들 생각보다 몸이 안 좋았던지 완전히 회복하기까지, 그녀에게 전화를 걸어 오늘 밤 가도 될지 물을 수 있기까지 일주일은 족히 걸렸다.

계속 아팠어요?

그래요. 이상하게 회복이 더디더군요.

그는 샤워와 면도를 하고 애프터셰이브를 바른 뒤 날이 저물자 잠옷과 칫솔이 든 종이봉지를 들고 앞문으로 나가 이웃집들을 지나 그녀의 문을 두드렸다.

애디가 금방 나타났다. 아, 얼굴이 좀 낫네요. 들어와요. 머리를 뒤로 빗어 넘긴 그녀는 아름다웠다.

그들은 주방 테이블 앞에 앉아 술을 마시며 이야기를 좀 했다. 그리고 그녀가 말했다. 난 올라갈 준비가 됐어요. 당신은요?

나도요.

그녀는 술잔들을 개수대에 갖다놓은 뒤 이층으로 올라갔다. 그가 그녀를 따라갔다. 그는 화장실에 가 잠옷을 입고 옷을 개켜 구석에 놔두었다. 그가 침실에 들어섰을 때 그녀는 실내복 차림으로 침대에 올라가 있었다. 그녀가 이불을 들춰주자 그도 침대 위에 올라가 누웠다.

지난번에 잠옷을 두고 가지 않았잖아요. 그 또한 당신이 돌아오지 않을 거라고 생각한 이유 중의 하나였어요.

뻔뻔해 보일 것 같았어요. 당연하게 여기는 것처럼 말이에요. 사실 우리는 변변한 이야기도 안 했잖아요.

어쨌든 앞으로는 잠옷이랑 칫솔을 두고 가도 돼요. 그녀가 말했다.

종이봉지가 닳고 구겨지지는 않겠네요.

네, 바로 그거예요. 하고 싶은 얘기 있어요? 그녀가 말했다. 급박하거나 그런 얘기는 말고 그냥 대화를 시작하기에 좋은 걸로요.

주로 물어보고 싶은 말이 아주 많아요.

나도 조금 있어요. 그녀가 말했다. 당신부터 해봐요.

왜 날 선택했는지 궁금했어요. 서로 많이 알지도 못하는데요.

내가 아무나 골랐을 거라 생각했어요? 누가 됐든 밤에 따뜻하게 해줄 사람을, 함께 이야기나 나눌 늙은이를 대충 찍은 줄 알았어요?

그렇게는 생각 안 했고요. 다만 왜 나를 선택했는지 알 수가 없었어요.

당신을 선택해서 유감이에요?

아니에요. 그런 건 전혀 아니고, 그냥 호기심이죠. 궁금했을 따름이에요.

당신이 좋은 사람이라고 생각하기 때문이에요. 친절한 사람이요.

내가 그런 사람이면 좋겠군요.

그런 사람이라고 난 생각해요. 그리고 나는 줄곧 당신을 내가 좋아하고 이야기를 나눌 수 있을 만한 사람으로 짐작해왔어요. 당신은 날 어떻게 생각했어요? 생각을 하기나 했다면요.

나도 당신 생각을 했어요. 그가 말했다.

어떻게?

아름다운 여자로. 속이 찬 사람으로. 개성 있는 인간으로.

무슨 이유로 그렇게 생각했죠?

당신이 사는 방식 때문이었죠. 칼이 죽은 뒤 살아온 모습 말이에요. 당신에게 힘든 시간이었어요. 그가 말했다. 내 말은 그런 뜻이에요. 내 처가 죽고 어땠는지 잘 아는 내 눈에는 당신이 나보다 잘해내고 있는 게 보였고, 그게 경탄스러웠어요.

찾아오거나 무슨 말을 건네는 일도 없었어요. 그녀가 말했다.

오지랖 넓게 보이고 싶지 않았거든요.

그리 생각하지 않았을 거예요. 나는 몹시 외로웠어요.

그러리라고 생각했어요. 하지만 그냥 가만있었죠.

또 알고 싶은 건 뭐예요?

어디 출신인지, 어디서 자랐는지, 어린 시절에 어떤 소녀였는지, 부모님은 어떤 분들이셨는지, 형제자매는 있는지, 아들과의 관계가 어떤지, 어쩌다 홀트에서 살게 됐는지, 어떤 친구들이 있는지, 무엇을 믿는지, 어느 정당에 투표하는지.

이야기 재미가 쏠쏠하겠네요, 그렇죠? 그녀가 말했다. 나도 당신에 대해 그 모든 것을 알고 싶으니까요.

서두를 필요는 없어요. 그가 말했다.

그래요. 천천히 하면 돼요.

그녀가 몸을 옆으로 돌려 램프를 껐다. 이번에도 그는 불빛 속 그녀의 밝은 머리와 드러난 민 어깨를 바라보았다. 어둠속에서 그녀가 그의 손을 잡고 잘 자라고 말한 뒤 금세 잠이 들었다. 그렇게 빨리 잠들 수 있다는 것이 그는 놀라웠다.

6.

　이튿날 그는 아침에 정원 잔디를 깎고 점심을 먹고 짧은 낮잠을 잔 뒤 제과점에 가 격주로 모이는 남자들과 함께 커피를 마셨다. 그들 가운데 그가 썩 좋아하지 않는 자가, 자네 에너지가 부럽군, 하고 말했다.

　무슨 뜻이지?

　밤새도록 외박을 하고도 날이 밝으면 멀쩡하게 제구실을 하니 말이야.

　루이스는 그자를 한동안 바라본 다음 입을 열었다.

　자네 입이 얼마나 싼지 모르는 사람이 없더구먼. 귀에 들어간 말이 금세 입으로 빠져나오니 당연한 일일 거야. 이 작은 도시에서 거짓말쟁이에 허풍선이로 알려져 뭐 좋을 게 있겠나. 그런 평판은 가는 곳마다 쫓아다니는 법이라네.

　그자가 루이스를 노려보았다. 그리고 테이블에 앉은 다른 남자들을 둘러보았다. 모두 딴 델 보고 있었다. 그자는 자리에서 일어나 제과점에서 나가 메인 스트리트로 향했다.

제 커피 값도 안 내고 나가다니. 다른 남자들이 말했다.

내가 내겠네. 루이스가 말했다. 나중에 보세. 그는 카운터로 가 두 사람 몫의 커피 값을 치르고 시더 스트리트로 걸어 나갔다.

집에 돌아와서는 정원에 나가 한 시간 동안 거의 격하다싶게 호미질에 열중한 다음 들어와 햄버거를 튀겨 우유를 곁들여 먹고 화장실에 들어가 샤워와 면도를 했다. 어둠이 내려오자 그는 다시 애디에게로 갔다.

7.

　그녀는 하루 종일 빈틈없이 집안 청소를 하고 침대 시트를 갈고 목욕을 한 뒤 저녁으로 샌드위치를 먹었다. 해가 기울면서부터는 거실에 꼼짝 않고 앉아 조용히 생각에 잠겼고 날이 어두워지자 루이스가 도착해 문을 두드리기를 기다렸다.

　마침내 그가 왔고 그녀는 그를 맞아들였다. 뭔가 달라 보였다. 무슨 일 있었어요? 그녀가 말했다.

　곧 말할게요. 먼저 술 한잔 해도 될까요?

　물론이에요.

　그들은 주방으로 갔다. 그녀가 그에게 맥주 한 병을 건네주고 자신이 마실 와인을 좀 따랐다. 그녀는 기다리며 그를 바라보았다.

　이제 비밀이 아니에요. 그가 말했다. 언제는 비밀이기나 했는지 모르지만.

　어떻게 알아요? 무슨 일이 있었는데요?

　돌런 베커라는 자 알죠?

남성용품 가게를 했었잖아요.

맞아요. 그걸 팔고 나서도 여기 남았죠. 다들 떠날 거라고 생각했어요. 이곳을 별로 좋아하는 것 같지 않았으니까. 겨울철에는 애리조나에서 지내고요.

그게 우리 비밀이 드러난 것과 무슨 상관인데요?

한 달에 두 번 갖는 모임에 그 작자가 나와요. 그런데 오늘 나에게 하는 말이 어떻게 그리 에너지가 많은지 알고 싶다는 거예요. 밤새도록 외박을 하고도 낮에는 평소 일을 정상적으로 한대나 어쩐대나.

그래서 뭐라고 했어요?

떠버리에 거짓말쟁이로 소문났다고 해줬어요. 화가 치밀더군요. 그래서 현명하게 대응하지 못했어요. 사실 지금도 화가 나요.

그래 보여요.

못들은 체 넘겨버렸으면 좋았을 텐데, 그러질 못했어요. 사람들이 당신을 안 좋게 생각할까봐 거슬리더라고요.

잊어버려요, 루이스. 사람들이 알게 되리라는 걸 우리도 알고 시작한 거잖아요. 그런 얘기도 나눴고요.

맞아요. 그런데 생각 없이 말이 나온 거예요. 준비가 안 된 상태에서요. 사람들이 우리에 대해, 당신에 대해 엉뚱한 이야기를 꾸며대는 게 싫었어요.

고마워요. 하지만 그 사람들로 인해 나는 상처받지 않아요. 나는 우리가 함께하는 밤들을 즐길 거예요. 그것들이 지속되는 한.

그가 그녀를 바라보았다. 왜 그렇게 말해요? 일전에 내가 그랬듯 말하네요. 상당히 오랫동안 지속될 거라 생각하지 않아요?

그러기를 원해요. 그녀가 말했다. 이미 말했듯, 난 더이상 그렇게, 다른 사람들 눈치를 보며, 그들이 하는 말에 신경 쓰며 살고 싶지 않아요. 그건 잘 사는 길이 아니죠. 적어도 내겐 그래요.

좋아요. 내게도 당신 같은 분별력이 있었으면 좋겠어요. 당신 말이 옳아요, 물론.

이제 괜찮은 거죠?

뭐, 거의.

맥주 한 병 더 마실래요?

아니에요. 하지만 당신이 와인을 더 하고 싶다면 함께 앉아 있어줄게요. 그냥 당신을 보면서요.

8.

네브래스카 주의 링컨에서 자랐어요. 그녀가 말했다. 그
도시의 북동부에서 목재로 외장을 한 근사한 이층집에 살았
죠. 아버지는 성공한 사업가였고 어머니는 요리를 잘하는 주
부였어요. 일종의 중류, 노동자 계층 동네였을 거예요. 언니
가 하나 있었는데 사이가 좋지 않았어요. 나보다 활동적이고
외향적이었어요. 내겐 없었던 사교성이 있었죠. 나는 말수가
적고 책을 좋아했어요. 고등학교를 마치고 대학에 들어갔는
데 집에서 도심까지 버스를 타고 통학했어요. 불문학으로 시
작했지만 초등교육으로 전공을 바꿨고요.

그러다 대학 이학년 때 칼을 만나 데이트를 시작했고 스무
살 때 임신했어요.

두려웠나요?

아기는 두렵지 않았어요. 그래요, 아기를 갖는다는 게 두
려운 건 아니었어요. 그냥 우리가 우리 인생을 어떻게 헤쳐
나갈지 그게 아득했을 뿐. 칼이 학위를 받기까지는 아직 일

년 반이 남아 있었거든요. 크리스마스에 그가 우리 집에 찾아왔어요. 그 사람 부모 집은 오마하에 있었죠. 저녁을 먹고 나서 모두 거실에 앉아 있는 동안 부모님께 말씀드렸어요. 어머니는 말없이 울음을 터뜨렸고 아버지는 화를 냈어요. 이런 일을 저지를 줄은 몰랐네, 하면서 칼을 노려봤어요. 자넨 도대체 어떻게 된 사람인가? 이 사람 잘못 아니에요, 하고 내가 항변했어요. 그냥 그렇게 된 거예요. 칼이 그리 만든 것 아니냐. 혼자 한 일 아니잖아요. 아, 이런! 아버지가 말했죠.

다음 달에 결혼해 링컨 도심의 좁고 어두운 아파트에 들어가 살았어요. 백화점 임시점원으로 일하며 칼과 함께 출산을 기다렸고요. 오월 어느 날 밤에 아기가 나왔는데 칼은 분만실에도 못 들어왔죠. 아기를 데리고 집으로 돌아간 우리는 행복했지만 몹시 가난했어요.

부모님 도움이 없었나요?

별로요. 칼이 원하지 않았어요. 나도 좀 그랬고요.

딸이 그때 태어난 거군요. 나이가 그렇게나 됐는지 몰랐어요.

그래요. 그게 카니였죠.

아주 희미하게만 기억이 나요. 어떻게 세상을 떴는지는 알고 있어요.

네. 애디가 말을 멈추고 몸을 좀 움직였다. 그 이야기는 나중에 해줄게요. 칼이 졸업한 다음 우리는 둘 다 콜로라도로 가기를 원했어요. 에스티스 파크에 짧은 휴가 여행을 간 적이 있었는데 산이 아주 좋았던 데다, 무엇보다도 링컨에서, 그 모든 것에서 벗어나 다른 곳에서 새로 시작해야만 했어요. 칼이 롱몬트에서 보험 세일즈맨 일자리를 얻었죠. 거기서 두어 해를 살고 있는데 마침 홀트의 골런드 씨가 은퇴를 한 거예요. 그래서 돈을 빌려 이사를 왔고, 칼은 골런드 씨의 보험사무소와 고객을 넘겨받았어요. 그 이후 줄곧 여기서 살았네요. 1970년이었어요.

임신은 어떻게 한 건가요?

무슨 말이에요? 임신이야 누구나 똑같은 거 아닌가요?

아니, 내 말은, 그 당시 우리 세대는 모두 신중했고 또 불안해했으니까.

하지만 우리는 젊기도 했어요. 칼과 나는 서로를 사랑했고요. 평범한 이야기죠. 그냥 모든 게 새롭고 신났어요.

그랬던 것 같군요.

그녀가 그의 손을 놓고 조금 떨어져 똑바로 누웠다. 그는 돌아누워 희미한 불빛 속의 그녀를 바라보았다.

왜 이러는 거예요? 그녀가 말했다. 뭐가 문제냐고요?

글쎄요.

소상한 정황들이 알고 싶어요?

그런가 보죠.

섹스에 관해서요?

내가 이 정도로 한심한 인간은 아닌데, 이상하게 괜히 좀 질투도 나고, 뭔지 모르겠어요.

어두운 밤 시골 흙길에 차를 세우고 뒷좌석에서 이러쿵저러쿵, 그런 게 궁금해요?

그러지 말고 그냥 빌어먹을 개자식이라고 욕을 해줘요. 루이스가 말했다. 상종을 못할 만큼 멍청한 놈이라고요.

알았어요. 당신은 멍청한 개자식이에요.

고마워요. 그가 말했다.

고마울 건 없고요. 어쨌든 이러다간 이걸 망칠 수도 있어요. 알죠? 뭐 또 다른 할 말 있어요?

당신 부모님은 나중에라도 이해하시던가요?

결국 두 분 다 칼을 좋아하게 됐어요. 어머니는 언제나 칼이 흑발의 미남이라고 여겼고요. 아버지도 칼이 일에 열심이고 처자식을 제대로 보살필 거라는 걸 깨달았어요. 과연 그랬죠. 어려운 시기도 있었어요. 하지만 초기 칠팔 년 후에는 경제적으로 대개 괜찮았어요. 칼은 훌륭한 가장이었어요.

그 어디쯤에선가 아들아이가 나왔죠?
카니가 여섯 살 때 진이 태어났어요.

9.

애디는 이웃 루스의 집 뒤에 차를 댔다. 뒷문 앞에 앉아 기다리던 늙은 여인이 일어섰다. 여든두 살이었다. 애디는 루스를 부축하여 조심조심 계단을 내려가 차 문을 열어 안에 태우고 발과 다리를 바로잡아준 다음 안전벨트를 매주고 문을 닫았다. 그리고 이 도시의 남동쪽 고속도로변에 있는 식품점으로 차를 몰았다. 주차장에는 서너 대의 차가 서 있을 뿐이었다. 여름날 늦은 오전이라 장사가 뜸한 시각이었다. 그들은 안으로 들어갔다. 루스는 쇼핑카트에 몸을 기댄 채로 걸었다. 선반에 진열된 상품들을 보며 둘은 느리게 움직였다. 루스는 필요한 것도 사고 싶은 것도 많지 않았다. 통조림이나 용기식품 몇 가지, 빵 한 덩이, 그리고 은박지에 쌓인 허시 초콜릿 한 봉지 정도였다. 아무것도 안 살 거예요? 그녀가 말했다.

네. 애디가 말했다. 며칠 전에 장을 봤어요. 우유나 좀 사야겠네요.

초콜릿은 안 먹는 게 좋다지만 이제 와서 뭐가 달라지겠어요? 먹고 싶은 건 다 먹고 죽을 거예요.

그녀는 깡통에 든 수프와 스튜, 저녁식사용 냉동식품, 시리얼 두어 박스, 1쿼트들이 우유, 그리고 딸기잼을 쇼핑카트에 담았다.

그게 다예요?

그런 것 같아요.

과일 필요하지 않아요?

생과일은 싫어요. 상해서 버리게 될 테니까. 그들은 과일 통조림 구역으로 향했다. 루스는 단 시럽에 담긴 복숭아 통조림 두 개와 배 통조림 몇 개, 그리고 건포도가 박힌 오트밀 쿠키 한 박스를 내렸다. 계산대의 점원이 늙은 여인을 보고 물었다. 필요한 거 다 찾으셨어요, 조이스 부인?

좋은 남자를 못 찾겠더라고요. 아무리 봐도 선반에 없지 뭐야. 아니, 왜 괜찮은 남자는 저기 없어요?

그러셨어요? 뭐, 생각보다 가까운 곳에 있다고들 하던데. 그녀가 루스 곁에 서 있는 애디를 힐끗 바라보았다.

얼마예요? 루스가 말했다.

점원이 값을 알려주었다.

블라우스에 얼룩이 묻었네요. 루스가 말했다. 청결하지 않아요. 그런 옷차림으로 출근하면 안 되지.

　점원이 제 옷을 내려다보았다. 아무것도 안 보이는데.

　있어요.

　그녀는 낡아빠진 연한 가죽 지갑에서 돈을 꺼내 들고 천천히 세면서 카운터 위에 지폐와 동전들을 가지런하게 늘어놓았다.

　그들은 상점에서 나왔다. 애디는 식료품들을 뒷좌석에 실은 뒤 운전석에 앉았다.

　루스는 고속도로의 정면을 바라보고 있었다. 차들과 가축이나 곡물을 실은 트럭들이 지나가고 있었다. 가끔 여기가 정말이지 싫어요. 그녀가 말했다. 그럴 수 있었을 때 떠났더라면 좋았을 걸, 하는 생각이 들 때가 있어. 이 코딱지만 한 도시와 편협하고 짜증나는 주민들. 그녀가 말했다.

　아까 그 점원 얘기예요?

　그 여자요. 그래요, 그리고 그 비스무리한 모든 인간들 말이에요.

　그 점원을 알아요?

　콕스 일가 사람이에요. 어머니도 아주 똑같았지. 오지랖이 대단했어요. 입은 또 얼마나 쌌던지. 한 대 갈겨주고 싶어요.

　루이스와 나에 관해 알죠? 애디가 말했다.

아침마다 일찍 일어나잖아요. 잠을 못 자니까요. 그래서 거실에 나와 앉아 건너편 집들 너머로 해가 뜨는 걸 봐요. 아침에 루이스가 자기 집으로 돌아가는 모습도 보고요.

누군가 볼 줄 알았어요. 상관없어요.

즐거운 시간 보내고 있기를 바랄게요.

그는 좋은 사람이에요. 그렇게 생각 안 해요?

그런 것 같아요. 하지만 더 두고 볼 일이죠. 나한테도 항상 친절하긴 해요. 그녀가 말했다. 내 집 잔디를 깎아주고 겨울철에는 집 앞 통로의 눈도 치워주잖아요. 다이앤이 살아 있을 때부터 시작한 일이에요. 그렇다고 무슨 성인은 아니죠. 그도 말썽깨나 부렸으니까요. 내가 알려줄 수도 있어요. 다이앤한테 들었을지도 모르지만요.

아니, 그럴 것은 없어요. 애디가 말했다.

어쨌든 먼 옛날 일이죠. 루스가 말했다. 아주 오래전. 다이앤도 어느 정도는 잊었을 거예요. 사람들은 그러잖아요.

10.

애디가 말했다. 다른 여자 얘기를 해줘요.

누구 말이에요?

바람 피웠던 그 여자요.

그걸 알아요?

모르는 사람 없을걸요.

남편이 있었어요. 루이스가 말했다. 타마라. 이름이 그랬어요. 살아 있다면 지금도 그게 이름일 테고. 간호사인 남편은 이 도시 병원에서 야간 근무를 했어요. 남자 간호사가 드문 시절이라 사람들은 고개를 갸웃하곤 했어요. 네 살쯤 된 딸아이가 있었어요. 홀리보다 한 살 위의 꽤 당찬 말라깽이 금발 소녀였어요. 아이 아빠, 그러니까 타마라의 남편도 금발이었고 건장했어요. 좋은 사람이었죠, 사실. 소설을 쓰고 싶어 했어요. 밤중에 병원에서 글을 쓰곤 했을 거예요. 전부터 부부 사이에 문제가 좀 있었고 오하이오에 살던 때부터 타마라는 다른 남자랑 바람을 피웠어요. 그녀도 나처럼 고등학교 교사였어요. 내가 일하기 시작한 지 2년 만에 그녀가 채용됐죠.

무슨 과목을 가르쳤어요?

나랑 같이 영어였어요. 일이 학년, 기초 과정.

당신은 고급 과정을 맡았고요.

그래요. 내가 선배였으니까요. 어쨌든, 그녀는 가정생활이 불행했고, 나도 다이앤하고 그다지 잘 지낸다 할 수 없었어요.

왜요?

주로 나 때문이었지만 둘 다 잘못이 있었어요. 도무지 대화가 되지 않았어요. 이런저런 말다툼이 시작되면 그녀는 울면서 자리를 떴어요. 문제가 정리가 안 되니까 상황이 악화될 수밖에 없었죠.

그러다 학교에서 둘 중 하나가 어떤 행동을, 이를테면 일종의 신호를 보낸 거겠네요. 애디가 말했다.

맞아요. 단둘이 교사 휴게실에 있는데 내 팔 위에 자기 손을 얹는 거예요. 무슨 할 말 없어요? 이러면서요. 무슨? 내가 물었죠. 술 한잔 하러 가자거나 그런 거? 글쎄요, 내가 그래주길 원해요? 어떨 거 같은데요? 그때가 사월이었어요. 사월 중순이었고, 연례세금정산을 하던 중이었어요. 마감일인 15일에, 저녁을 먹고 우체국에 가 서류를 부친 다음 그녀의 집으로 차를 몰았어요. 다이닝룸 식탁 앞에 앉아 시험지를 채점하고 있더군요. 그래서 길가에 주차하고 그녀의 현관문을 두드렸어요. 그녀가 나오데요. 이미 실내복 차림이었죠. 혼자예요? 내가 물었어요.

파멜라가 있어요. 하지만 벌써 자요. 들어오지 그래요?

그래서 들어갔어요.

그렇게 시작된 거예요?

그래요. 세금정산 날에요. 어이없게 들리죠?

글쎄요. 이런 일들이야 온갖 방식으로 일어나는 거니까.

뭐 아는 게 좀 있나 보군요.

사람들의 삶에서 이런 일들이 어떻게 일어나는지는 좀 알죠.

말해줄래요?

어쩌면요. 언젠가. 그래서 어쨌어요?

다이앤과 홀리를 떠나 그녀 집으로 들어갔어요. 그녀 남편도 집을 나가 친구네서 신세를 졌고요. 한 두어 주 잘 지냈어요. 그녀는 아름답고 억세고 거친 여자였어요. 긴 갈색 머리에 눈동자도 갈색이었는데 잠자리에서는 그게 마치 짐승의 눈 같았어요. 살결도 공단처럼 고왔죠. 몸매도 퍽 날씬했고요.

아직도 그녀를 사랑하는군요.

그건 아니고, 뭐랄까요, 그녀와의 추억을 아직 사랑하고 있기는 한 것 같아요. 물론 결국 나빠졌어요. 어느 날 밤 타마라와 그녀의 딸과 내가 저녁을 먹고 있는데 그녀 남편이 찾아왔어요. 모두가 식탁 앞에 앉아 이야기를 했어요. 진보적이고 세련된 사람들이라는 듯, 결혼쯤이야 간단히 끝장내고 살 수 있는 자유인이라는 듯. 하지만 나는 계속할 수가 없었어요. 스스로에게 욕지기가 나데요. 그녀와 딸과 남편이 식탁 앞에 나란히 앉아 있는데 말이에요. 자리에서 일어나 밖으로 나갔어요. 그리고 차를 몰아 시골 쪽으로 향했어요. 하늘에는 별들이 밝았고 농가며 들판의 등불들이 어둠 속에서 파랗게 보였어요. 모든 게 정상인 듯 보이더군요. 사실 아무것도 더는 정상이 아닌데요. 모든 게 벼랑 끝에 매달려 있는데요. 밤이 깊어서야 그녀 집에 돌아갔어요. 침대에서 책을 읽고 있더군요. 이거 못 하겠어. 내가 말했어요.

떠나려고요?

그래야겠어. 너무 많은 이들이 상처를 입을 거야. 이미 그랬고. 게다가 내 딸은 아빠도 없이 자라는데 나는 여기서 당신 딸의 아빠가 되어주려 하고 있잖아. 홀리 때문에라도 돌아가야 해.

언제 떠날 건데요?

이번 주말에.

그럼 이리로 와요. 그녀가 말했다. 아직 이틀 밤이나 남았
잖아요.

그 밤들을 기억해요. 어땠는지.

그 얘기는 안 해도 돼요. 알고 싶지 않아요.

알았어요. 안 할게요. 떠나는 날 그냥 울었어요. 그녀도 그
랬고요.

그리고요?

다이앤과 홀리에게 돌아갔죠. 아래층 소파에서 잤어요. 다
이앤은 그 일에 관해 별 말이 없었어요. 그 일을 갖고 보복을
하려거나 고약하고 야비하게 구는 일도 없었고요. 내가 고통
스러워하고 있는 걸 알았으니까요. 나를, 또는 우리가 함께
하던 생활을 잃고 싶지 않았던 것 같아요.

여름이 되자 옛 대학 친구 하나가 시카고에서 찾아왔어요.
낚시를 가고 싶어 하기에 글렌우드 스프링스 위쪽 화이트 포
리스트까지 데려다췄는데 좋아하질 않더라고요. 산에 익숙
하지 않았던 거예요. 가파른 산길 아래 샛강에 다다르자 길
을 잃은 줄 알고 겁을 냈어요. 괜찮은 물고기가 좀 낚였지만
소용없었어요. 그래 홀트로 돌아왔죠. 다이앤이 문 앞에 나
와 있데요. 홀리는 낮잠을 자고 있었고요. 당장 침대로 직행

47

했어요. 우리 둘이 무엇에 홀린 것 같았어요. 어쩌면 가장 좋은 시간이었을 거예요. 앞뒤를 재지 않는 긴박감 같은 거 말이에요. 아래층에서 친구가 저녁식사가 나오기를 기다리고 있었거든요. 그걸로 끝이었어요.

다시는 그녀를 보지 않았나요?

안 봤어요. 그녀가 홀트로 돌아오긴 했어요. 텍사스에 일자리를 얻어 학기말에 내려갔었거든요. 그런데 돌아와서 내게 전화를 했어요. 다이앤이 받더니, 당신 바꾸라네요, 하데요. 누군데? 누군지 말 안 해요. 그러면서 수화기를 내게 건네줬어요.

그녀였어요. 타마라예요. 여기 와 있어요. 만날 수 있어요?

안 돼. 아니. 그럴 수 없어.

나를 다시는 보지 않을 거예요?

안 돼.

다이앤은 주방에 건너가 듣고 있었죠. 하지만 그래서가 아니었어요. 이미 결정을 내렸던 거였어요. 아내와 딸 곁에 남기로요.

그래서 어떻게 됐어요?

타마라는 텍사스로 돌아가 교사 일을 시작했어요. 다이앤은 나를 받아주었고요.

지금 그녀는 어디 살아요?

그건 나도 몰라요. 남편과 재결합하지는 않았죠. 그 점도 있었어요. 그들 관계에 있어서의 내 역할을 생각하고 싶지 않아요. 동부 출신이었으니까, 매사추세츠 주요, 그리 돌아갔는지 모르죠.

통화도 한 번 안 했어요?

안 했어요.

아직도 그녀를 사랑하고 있는 것 같군요.

아니에요.

그렇게 들리는 걸요.

잘 대해주지 못했어요.

그건 옳은 말이에요.

그게 후회가 돼요.

다이앤은요?

그 일에 대해 별 말이 없었어요. 처음 시작되었을 때는 상처도 받고 화도 났을 거예요. 나중보다는 처음이 더했어요. 울기도 더 많이 울었고요. 틀림없이 거절당하고 학대받은 느낌이었겠죠. 당연히 그랬을 거예요. 그런데 딸아이에게 그게 옳더라고요. 나를 포함하여 남자들에 대한 그 아이의 감정은 상당 부분 그때의 경험에서 비롯된 것 같아요. 자신이 이러

이러하지 않으면 버림받을 거라는 생각을 갖고 있어요. 그런데 말이에요, 나는 아내보다도 타마라에게 상처를 준 게 더 한이 돼요. 내 혼이랄까, 그런 걸 실망시킨, 흙바람 부는 소도시의 평범한 고등학교 영어선생이 아닌 뭔가 다른 것이 되라는 일종의 소명을 저버린, 그런 느낌이에요.

당신이 좋은 교사라는 말, 많이 들었어요. 이곳 사람들이 다 그렇게 생각해요. 당신은 진에게도 좋은 선생님이었어요.

좋은 선생이었을지는 몰라도 훌륭한 선생은 아니었죠. 그건 내가 알아요.

11.

기억한다고 했잖아요. 애디가 말했다.

조금요. 여름이었죠, 아마?

팔월 십칠일. 하늘이 맑고 푸른 여름날이었어요.

앞마당에서 놀고들 있었어요. 카니는 수돗물에 연결된 호스를 들고 있었어요. 물이 원뿔형으로 뿜어 나오는 구식 스프링클러 꼭지가 달린 호스였어요. 물보라 속을 뚫고 달리며 놀려는 거였어요. 진과 함께요. 진은 다섯 살, 카니는 열한 살이었지만 아직 함께 놀 만한 나이였죠. 둘 다 수영복을 입고서 환호성을 지르며 스프링클러가 뿜어내는 물줄기 속을 오가며 놀았어요. 카니가 진의 손을 잡아 물줄기 속으로 당겼어요. 나는 다 보고 있었어요. 그러자 진이 스프링클러 꼭지를 돌려 빼더니 카니에게 물을 뿜으며 쫓기 시작하데요. 꺅꺅 소리들을 지르고 웃음을 터뜨리며 놀았죠. 저녁을 준비하고 있었던 터라 주방으로 돌아갔어요. 무슨 수프를 끓이고 있었는데, 그때 자동차 타이어가 내는 끼익 소리와 함께 끔찍한 비명이 들렸어요. 앞문으로 뛰쳐나갔죠. 어떤 남자가 차에서 내려 서 있더군요. 진은 차 앞의 거리를 바라보며 통곡을 하고 있었고요. 내처 달려갔어요. 수영복 차림의 카니가 길바닥에 널브러져 있었어요. 양쪽 귀와 입에서 피가 나고 있었고 이마에 큰 상처가 났고 양다리는 몸통 아래로 접질려 있었고 양팔은 이상한 각도로 펼쳐져 있었어요. 진은 계속 비명을 지르며 울었어요. 그때까지 들어본 일 없는 가장 지독하게 절망적인 소리였어요.

차 주인은 이제 차에서 떨어져 서서, 맙소사, 맙소사, 맙소사, 맙소사를 연발했어요.

더 말 안 해도 돼요. 루이스가 말했다. 이제 됐어요. 기억이 나요.

아니에요. 말할 거예요. 누가 구급차를 불렀어요. 누군지는 끝내 몰랐어요. 구급대원들이 카니를 들것에 올려 구급차에 실었고 나도 따라 탔어요. 진은 아직도 울고 있었죠. 나랑 같이 가자고 했어요. 그들이 반대하자 나는, 빌어먹을, 이 아이도 간다니까요, 자 가요, 했어요.

이마에 난 끔찍한 열상이 벌써 거무스름하게 부어올라 있었고 귀와 입에서 피가 계속 났어요. 피를 닦아내라며 내게 수건들을 주더군요. 아이의 피투성이 머리를 무릎에 얹었어요. 지독한 사이렌을 울리며 차가 달렸어요. 병원에 도착하자 구급대원들은 주차장에 붙은 후문으로 카니를 들여갔어요. 저기요, 저쪽으로, 하면서 인도하던 간호사가, 그런데 이 꼬마가 들어갈 곳은 아닌 것 같은데요, 사람을 시켜 대기실로 데려가도록 할게요, 하더군요. 진은 다시 비명을 지르기 시작했지만 접수계원이 끌고 갔고 우리는 응급실로 들어갔어요. 아이를 침상 위에 눕히자 의사가 들어왔어요. 그때까지 살아 있었지만 의식은 없었어요. 눈은 감겨 있었고 호흡이 거칠었어요. 한쪽 팔과 갈비뼈 몇 개가 부러져 있었어요. 그것 말고는 아직 확인된 것이 없었죠. 사무실의 칼에게 전화를 걸어달라고 했어요.

나는 카니 곁에 남았어요. 얼마 후 칼은 진을 데리고, 그 아이를 돌보러, 집으로 돌아갔고, 나는 카니 곁에서 그 밤을 보냈어요. 새벽 네 시쯤, 카니가 눈을 뜨고 몇 분간 나를 바라봤어요. 나는 울었고 카니는 말없이 보기만 했어요. 그러더니 두어 번 숨을 쉬고는 그걸로 끝이었어요. 아이는 떠났어요. 나는 아이를 품에 안고 요람인 듯 흔들며 울고 또 울었어요. 간호사가 들어오자 칼에게 전화해달라고 부탁했어요.

그날 하루는 뒤죽박죽 혼란스럽게 지나갔어요. 우리는 장례를 준비했고 저녁에는 장례식장에 갔어요. 시신에 방부 처리를 한 후 진을 들여왔는데 누나를 만지지 않더군요. 그 아이도 두려웠던 거예요.

그럴 수밖에 없죠.

그래요. 진한 화장으로 얼굴에 든 심한 멍들을 감추었고 이마의 상처도 꿰맸대요. 파랑색 원피스를 입혔고요. 이틀 후 아이가 매장되었어요. 그러니까, 아이의 시신이, 공동묘지에 묻혔어요. 아직도 그 아이와 이야기를 나눌 수 있을 것 같은 때가 있어요. 아이의 정신, 아니면 영혼이라고 해도 되겠죠. 지금은 괜찮아 보여요. 언젠가 그 아이가 내게 그랬어요. 나는 괜찮아. 걱정하지 마. 그 말, 믿고 싶어요.

그럼요. 루이스가 말했다.

칼은 이 동네 다른 집으로 이사하기를 원했지만 나는 싫다고 했어요. 이곳을 떠나고 싶지 않았어요. 바로 이 앞에서였어요, 여기서 아이가 죽었어요, 이곳은 내게 신성한 곳이에요, 했어요. 그래서 우리는 이사하지 않았죠. 어쩌면 진을 생각하면 이사하는 게 좋았을지 몰라요.

끝내 극복하지 못했죠.

우리 모두 그랬지만, 진은 제 누나가 길거리 차 앞으로 뛰어나가게 만든 장본인이라는 생각에 괴로워했어요. 그저 호스를 들고 누나를 쫓아다닌 어린아이에 불과했는데 말이에요. 그 일 후에 당신 아내가 몇 번 찾아와 내가 어떻게 지내는지 보고 간 적 있어요. 친절한 일이었죠. 감사했어요. 그녀가 정말 고마웠어요. 다른 대부분의 사람들은 너무 불편해서 아무 말도 안 했거든요.

나도 다이앤이랑 함께 왔어야 했는데.

그럼 좋았겠지요.

태만의 죄로군요. 루이스가 말했다.

죄라는 걸 믿지 않잖아요.

전에도 말했지만 인격상 결함이란 게 있다고는 믿어요. 그게 죄인 거겠죠.

어찌됐든 지금 여기 있잖아요.

지금 있고 싶은 곳이 여기예요.

12.

며칠 못 올 것 같아요. 루이스가 말했다.

왜요?

현충일 주말에 홀리가 온대요. 나를 혼내주러 오는 것 같아요.

무슨 뜻이에요?

당신과 나의 이야기를 들은 듯해요. 내가 점잖게 굴기를 원하는 모양이죠.

당신 생각은 어떤데요?

점잖게 구는 거요? 점잖게 굴고 있는 걸요, 뭐. 원하는 일을 하고 있고 그 일로 다치는 사람 없고. 그리고 그게 당신에게도 좋다면 좋겠어요.

물론 내게도 좋죠.

그 아이 말을 들어는 줄 거예요. 하지만 아무것도 달라지지 않아요. 어떤 남자를 만나면 좋겠다는 내 소망을 들은 척도 안 하는데, 나도 마찬가지죠. 언제나 돌봐줘야 하는 남자

들만 용케 찾아내요. 남자는 딸아이에게 의존하고 딸아이는
한두 해 남자를 보살피다 싫증이 나거나 무슨 일이 터져 한
동안 혼자 지내다가 또 비슷한 남자를 찾아내는 거예요. 지
금은 혼자인 거 같더군요.

　다시 올 수 있을 때 전화해주겠어요?

13.

이튿날 홀리는 콜로라도 스프링스에서 홀트까지 차를 운전해 왔다. 루이스는 문 앞에 나와 그녀를 맞이하고 입을 맞췄다. 부녀는 뒷마당의 피크닉 벤치에 앉아 저녁을 먹었다. 그리고 함께 설거지를 한 다음 거실에서 와인을 마셨다.

올 여름에 한두 주쯤 이탈리아에 갈까 해요. 그녀가 말했다. 피렌체로요. 판화 강습이 있어서요.

그러려무나. 좋을 것 같다.

벌써 항공권도 샀어요. 판화 워크숍 입회 승인을 받았거든요.

잘됐다. 경비 지원이 필요하냐?

아니에요, 아빠. 그녀가 그를 잠시 바라보았다. 하지만 아빠가 걱정돼요.

응? 그래?

그래요. 애디 무어와 뭘 하시는 거예요?

좋은 시간을 보내고 있지.

엄마가 뭐라 하시겠어요?

모르겠구나. 하지만 네 엄마도 이해할 것 같다. 사람들 생각보다 훨씬 이해와 용서가 많은 사람이었으니까. 현명했고, 여러 면에서. 보통 사람들보다 큰 차원에서 보는 능력이 있었거든.

하지만, 아빠, 이건 옳지 않아요. 아빠는 사실 애디 무어를 좋아하거나 잘 알지도 못했잖아요.

네 말이 맞다. 좋아하거나 잘 알지도 못했지. 그런데 바로 그게 내가 지금 좋은 시간을 보내는 요인이란다. 이 나이에 누군가를 알아가는 것, 스스로가 그녀를 좋아하고 있음을 깨닫는 것, 알고 봤더니 온통 말라죽은 것만은 아님을 발견하는 것 말이다.

그냥 남부끄럽잖아요.

누가? 나는 남부끄럽지 않은데.

사람들이 아빠를 다 아는데요.

그거야 당연하지. 하지만 상관 안 한다. 그런데 누구한테 들었냐? 여기 사는 네 속 좁은 친구들 중 하나였겠지.

린다 로저스예요.

그 애라면 그럴 만하구나.

뭐, 딸로서 알아야 한다고 생각했겠죠.

이제 알았으니 막고 싶다 그거로구나. 헌데 그래서 무슨 소용이겠냐? 이미 사람들은 우리가 함께 지냈다는 것을 다 알 텐데.

그래도 똑같지는 않죠. 옛날 일이 될 거니까요.

넌 이곳 사람들을 지나치게 걱정하는구나.

누군가는 해야 하지 않겠어요?

나는 이제 안 한다. 그걸 배웠지.

그녀한테서?

그래. 그녀한테서.

진보적이라든지 행실이 나쁜 아주머니로는 생각 안 했었는데.

행실이 나쁜 게 아니야. 무지한 소리다.

그럼 대체 뭔데요?

자유로워지겠다는 일종의 결단이지. 그건 우리 나이에도 가능한 일이란다.

십대 소년처럼 구시네요.

십대 시절에도 이러지 못했다. 그럴 엄두조차 못 냈지. 하라는 일만 하며 자랐으니까. 내 생각엔 너도 너무 그렇게 살아왔어. 나는 네가 자발적이고 추진력 있는 사람을 만났으면 좋겠다. 함께 이탈리아에 가고 토요일 아침에 일어나면 널

산으로 데려가 눈도 맞혀주고 집에 돌아오면 충만한 생활을
누리게 해줄 그런 사람 말이야.

아빠가 이런 얘기 할 때가 정말 싫어요. 난 나대로 살게 해
줘요, 아빠. 내 인생은 내가 살 거예요.

그건 나도 마찬가지야. 우리 협정 맺을까? 화해?

그래도 이건 재고하셔야 한다고 봐요.

재고했고, 그 결과 마음에 든다.

뭐예요, 아빠.

이튿날 홀리에게 전화가 한 통 왔고 그녀는 루이스에게 전
화 내용을 일러줬다.

줄리 뉴콤이에요. 린다 로저스처럼 그 애도 아빠 이야기를
하네요. 이미 알고 있다며, 이렇게 말해줬죠. 전화해줘서 고
맙구나. 근데 말이야, 며칠 전 네 생각이 나더라. 식당에서 양
고기 요리를 시켰는데, 네 남편이 아직도 양하고 그 짓을 하
는지 궁금해졌어. 그랬더니, 엿 먹어라, 이 나쁜 년아, 네 생
각해서 전화한 거야, 하며 끊데요.

네가 꽤나 뛰어난 재치를 발휘했구나.

아, 정말 싫었던 아이예요. 그래도 아직 남부끄럽긴 해요.

음, 애야. 그건 내 문제가 아니라 네 문제일 거야. 이미 말
했듯, 나는 남부끄럽지 않아. 애디 무어도 마찬가지고.

14.

결국에는 그녀의 어떤 자질들에 감탄하게 되었죠. 루이스가 말했다. 분명한 내적 지향을 지닌 좋은 사람이었거든요. 남들 생각에 구애받지도 않고. 우리가 결혼하고 초기에 퍽 가난했는데도 직업을 원하지 않더군요. 자신만의 의견이 있었고, 독립적으로 살기를 원했어요. 하지만 그래서 행복했는지는 모르겠어요. 인생이란 하나의 여행이라고들 하잖아요. 어쩌면 바로 그게 그녀가 하고 있었던 건가 싶기도 해요. 여기서 친구로 알고 지낸 여자들이 몇 있었어요. 돌아가며 한 사람 집에 모여 각자 살아가는 일들과 여자들이 원하는 것들에 대해 이야기하곤 했죠. 그녀는 틀림없이 우리 이야기를 했을 거예요. 여성해방의 목소리가 커져가던 시절이었어요. 게다가 우리에게는 다른 문제들도 있었지요. 밤에 홀리를 보살피면서 지금 이 순간 애 엄마는 친구 집에서 내 흉을 보고 있을 거라는 생각을 하면 최소한 재밌기는 했어요. 좀 얄궂게 느껴졌다고 할까요? 그리고 타마라 문제도 있었죠.

그건 용서했다고 한 것 같은데. 애디가 말했다.

그랬던 것 같아요. 그때는 내가 돌아와 주기만을 원했을 거예요. 그래도 화제에 올랐을 것이 분명해요. 그녀 친구들이 날 보는 눈이 달라진 것을 느낄 수 있었어요. 하지만 그녀는 홀리를 사랑했어요. 처음부터 그랬죠. 모녀 사이가 아주 가까웠어요. 다이앤은 홀리가 어릴 때부터 속내를 털어놓았어요. 나는 어린애한테 가리지 않고 그렇게 다 말한다는 게 적절치 못하다고 생각했어요. 하지만 소용없었어요. 계속 홀리와 단짝처럼 지냈죠.

어떻게 만났는지 말 안했어요.

아. 뭐, 당신과 칼이 만난 것과 비슷했어요. 포트 콜린스의 대학에서였죠. 둘 다 졸업한 다음 결혼했어요. 아름다운 숙녀였어요. 우리는 가정을 꾸리고 살림을 차린다는 것 따위는 하나도 몰랐어요. 그녀도 요리나 집안일에 손대지 않고 자랐대요. 어머니가 다 했던 거죠. 나는 여기 홀트에서 자랐어요.

그건 나도 알아요.

졸업 후 2년 동안 프런트 레인지의 작은 학교에서 교사로 일하다 여기 고등학교에 결원이 나고 채용되면서 돌아와 이후 줄곧 여기서 살았어요. 47년째군요. 홀리를 얻었고요. 이미 말했듯 다이앤은 홀리가 학교에 다니면서부터 일을 할 수도 있었지만 하지 않았어요.

　나도 별다른 커리어를 갖지 않았어요.

　일했잖아요. 내가 아는데.

　하지만 당신 같은 그런 커리어는 아니었죠. 칼의 사무실에서 비서 겸 접수계원으로 한 해쯤 일했는데 낮이고 밤이고 같은 곳에서 지내다보니 서로의 신경을 너무 긁게 되더라고요. 그래서 한동안 은행에서 일한 다음 시청 서기 노릇을 했죠. 그건 당신도 알 거예요. 가장 오래 유지한 직업이에요. 거기서 온갖 일들을 보고 들었어요. 사람들이 무슨 일들을 하는지 어떤 문제들에 처하는지. 사람들에 대해 알게 되는 그런 것들을 빼면 지루하고 따분한 일이었죠.

　어쨌든 다이앤은 전업주부였어요. 루이스가 밀했다. 시종 그랬죠. 지금이야 이해한다고 말할 수 있지만 그때는 그렇지 않았어요. 하지만 이십대의 나이로 결혼했을 때 우리는 아무것도 몰랐어요. 그저 본능과 자라며 익힌 행동 양식밖에는 없었죠.

15.

유월의 어느 날 밤, 루이스가 말했다. 오늘 생각이 하나 떠올랐어요. 듣고 싶어요?

그럼요.

제과점에서 우리에 관해 뭐라 지껄인 돌런 베커와 홀리에게 전화한 고등학교 친구에 대해 얘기해준 적 있죠?

그래요. 나도 당신에게 루스와 함께 갔던 식품점에서 그 종업원이 한 말이랑 루스 본인이 한 말을 전해줬고요.

그래서 말인데, 이럼 어떨까요. 이왕 소문도 그런 판에 대낮에 버젓이 도심으로 나가 홀트 카페에서 점심을 먹고 메인 스트리트를 활보하면서 여유롭게 즐거운 시간을 보내는 거예요.

언제 그러고 싶은데요?

이번 토요일에요. 카페에 사람이 가장 많을 정오 무렵 어때요.

좋아요. 준비하고 기다릴게요.

먼저 전화할게요.

밝고 화사한 옷을 입을까 봐요.

바로 그거예요. 루이스가 말했다. 난 빨간 셔츠 입을까요?

토요일 정오 직전, 그는 그녀의 집 앞에 왔다. 그녀는 등이
파인 노란 여름 원피스를, 그는 빨강과 초록이 섞인 웨스턴
풍의 반소매 셔츠를 입었다. 그들은 시더에서 메인 스트리트
까지 걸어가 네 블록의 보도를 또 걸어 그쪽 길가의 상점들
과 은행과 구두점과 보석 가게와 백화점 등등 뼈대만 갖춘
옛날식 점포들 앞을 지나쳤다. 그리고 찬란한 정오의 태양
아래 2번과 메인 스트리트 모퉁이에 서서 신호등이 바뀌기
를 기다리면서 만나는 사람들을 정면으로 바라보며 인사를
하고 고개를 끄덕였다. 파란불로 바뀌자 그들은 팔짱을 끼고
길을 건너 홀트 카페로 갔다. 그가 출입문을 열어주자 그녀
가 먼저 들어가고 이어서 그가 따라 들어갔다. 테이블 안내
를 기다렸다. 앉아 있던 사람들이 그들을 쳐다봤다. 반쯤은
알고 지내거나 적어도 누군지는 아는 사람들이었다.

웨이트리스가 다가와 말했다. 두 분이신가요?

그래요. 루이스가 말했다. 한가운데 테이블로 줘요.

그들은 웨이트리스가 안내하는 테이블로 향했다. 루이스

가 애디를 위해 의자를 빼주고 맞은편이 아니라 바로 옆자리에 앉았다. 주문을 마친 루이스는 테이블 위 애디의 손을 잡고 식당 안을 둘러보았다. 음식이 나왔고 그들은 먹기 시작했다.

지금까지는 뭐 그다지 혁명적일 게 없네요. 루이스가 말했다.

맞아요. 공적 자리에서는 다들 예의를 차릴 줄 아니까요. 남들 앞에서 법석을 떨고 싶지 않은 거예요. 그리고 어쨌거나 우리가 과민 반응인 것 같아요. 우리 일에 신경을 곤두세우고 있을 만큼 한가하지만은 않을 테니까요.

식사를 하는 동안 여자 셋이 차례로 다가와 인사를 하고 나갔다.

마지막 여자가 말했다. 두 분에 관해 들었어요.

무슨 얘기를 들었는데요? 애디가 말했다.

아, 만나고 있다는. 나도 그러면 좋겠어요.

못 할 이유 있어요?

아는 사람이 없어서요. 게다가 겁도 많고.

스스로에 대해 놀랄지도 몰라요.

아, 아니에요. 나는 못해요. 이 나이에 어떻게.

그들은 느리게 식사를 하고 디저트를 시켰다. 조금도 서

두르지 않았다. 그리고 일어나서 다시 메인 스트리트로 나가 이번에는 반대쪽 길을 걸어갔다. 각종 상점들과 그 안에서 통풍을 위해 열어놓은 문밖으로 내다보는 사람들을 지나 세 블록을 걸으니 시더가 나왔다.

애디가 말했다. 들어오겠어요?

아뇨. 오늘 밤에 올게요.

16.

애디 무어에게는 갓 여섯 살이 된 손자 제이미가 있었다. 초여름에 접어들면서 부모들의 불화가 악화되었다. 주방에 서고 침실에서고 격한 말다툼이 터졌다. 빗발치는 상호 규탄과 비방이 이어진 끝에 엄마는 울음을 터뜨리고 아빠는 고함을 내질렀다. 종내 임시 별거가 시작되었다. 엄마가 캘리포니아 친구 집으로 떠나면서 제이미는 아빠와 단둘이 남게 됐다. 진은 어머니 애디에게 전화를 걸어 무슨 일이 일어났는지 전했다. 아내가 미용사 일을 그만두고 서부로 가버렸다고 했다.

무슨 일인데? 애디가 말했다. 뭣 때문이야?

서로 맞지 않아요. 뭐든지 타협하는 법이 없어요.

언제 떠났어?

이틀 전에요. 어째야 할지 모르겠어요.

제이미는 어떻게 하고?

그래서 전화한 거예요. 제이미를 한동안 맡아주실 수 있으세요?

베벌리는 언제 돌아온대?

돌아올지나 모르겠어요.

아들을 아주 버릴 건 아니잖아?

엄마, 나도 몰라요. 그 사람 생각이 어떤 건지. 그리고 또 한 가지, 말씀 안 드린 게 있어요. 이달 말에 가게 문도 닫아요.

왜? 그건 또 무슨 일이야?

경기 때문이에요, 엄마. 내 잘못이 아니라. 가구를 사려는 사람이 어디 있어야죠. 엄마 도움이 필요해요.

애는 언제 데려올 거니?

이번 주말에요. 그때까진 견뎌봐야죠.

알았다. 하지만 이런 일이 아이들에게 얼마나 힘든 건지는 알지?

다른 방법이 없잖아요.

그날 밤 루이스가 오자 그녀는 이 문제를 꺼냈다.

그걸로 우린 끝이겠군요. 그가 말했다.

아니, 나는 그렇게 생각하지 않아요. 애디가 말했다. 아이가 오고 나서 하루 이틀 기다려주겠어요? 그런 다음에 낮에

70

와서 아이를 만나고 밤에 다시 오는 거예요. 어떻게 되는지 두고 보자고요. 어차피 아이를 돌보는 데 당신 도움이 필요할 걸요. 당신만 괜찮다면.

어린아이들과 있어본 지가 하도 오래돼놔서. 루이스가 말했다.

나도 그래요. 그녀가 말했다.

아이 부모는 왜 그런대요? 정확히 뭐가 문제인 거예요?

진이 지나치게 통제적이에요. 너무 끼고 살려고 하고요. 애 엄마가 진력이 나고 분통이 터져 이젠 자기 뜻대로 살고 싶은 거예요. 다 아는 이야기잖아요. 물론 진의 설명은 다르더군요.

누나에게 일어난 일과도 관련이 있겠네요.

틀림없이 그럴 거예요. 베벌리는 잘 모르겠어요. 그 아이와는 가까워지지 못했어요. 그러길 원하지도 않는 것 같고. 문제가 하나 더 있어요. 진이 가게 문을 닫는대요. 페인트칠을 안 한 가구를 팔겠다고 나섰거든요. 사람들이 싸게 사서 직접 칠을 할 수 있도록요. 애당초 좋은 아이디어는 아니라고 생각했어요. 파산 신청을 해야 할지 몰라요. 오늘 아침 그러더군요. 다른 일을 찾을 때까지 내가 도와야 하게 됐어요. 전에도 도와준 적 있지만. 이번에도 그러마고 약속했죠.

무슨 일을 하고 싶대요?

항상 세일즈 쪽 일을 해왔어요.

내가 기억하는 그 아이에게는 어울리지 않네요.

맞아요. 세일즈맨 타입은 아니죠. 이제 두려운 모양이에요. 내색은 안 해도요.

하지만 이것을 계기로 어떤 돌파구를 찾을 수 있을지도 몰라요. 그동안의 패턴을 깨는 거예요. 제 엄마가, 당신이 그랬듯 말이에요.

못 그럴 것 같아요. 이미 삶이 고착화된 아이예요. 내 도움이 필요한 지금 상황이 몹시 싫을 거예요. 성미가 급한데 이럴 때면 터져 나오죠. 사람들을 대하는 법을 배우지 못했고 내게 무엇이든 부탁하는 것을 참을 수 없어 해요.

토요일 아침, 진이 아이를 데리고 왔다. 점심을 함께 먹고 짐과 장난감들을 들여놓은 후 그는 아이를 안아줬다. 제이미는 차로 돌아가는 아빠를 보고 울음을 터뜨렸다. 애디는 빠져나가려는 아이를 두 팔로 감싸 안고 울게 해줬다. 차가 떠나자 그녀는 아이를 달래 함께 안으로 들어갔다. 컵케이크 반죽을 만들고 종이컵에 담아 오븐에 집어넣는 일을 아이는 재미있어했다. 그렇게 만든 케이크에 설탕을 입힌 다음 우유와 함께 한 개를 먹었다.

두어 개 갖다 주고 싶은 이웃이 있어. 네가 두 개를 골라 할머니랑 함께 가볼까?

어디 사는데요?

바로 옆 블록에.

어떤 걸로 고를까요?

네 맘에 드는 걸로.

제이미는 설탕 옷이 가장 덜 입혀진 걸로 두 개를 골랐고 애디는 그것들을 플라스틱 통에 담았다. 그들은 집을 나서 루이스의 집까지 갔다. 노크를 하자 그가 나왔다. 내 손자 제이미 무어예요. 애디가 말했다. 뭘 좀 가져왔어요.

들어올래요?

그러죠, 잠깐.

그들은 현관에 앉아 거리를 내다봤다. 온통 고요한 건너편의 집들과 나무들과 이따금 한 대씩 지나가는 차들이 눈에 들어왔다. 루이스가 학교에 대해 물었지만 제이미는 입을 열지 않았다. 얼마 후 애디와 제이미는 집으로 돌아갔다. 그녀가 만든 저녁을 먹고 아이는 휴대전화를 갖고 놀았다. 그녀는 아이를 이층으로 데려갔다. 여기가 아빠가 어렸을 때 쓰던 방이란다. 그녀는 아이의 옷 정리를 도와주었다. 아이는 화장실에서 이를 닦고 나와서 침대에 누웠다. 애디는 잠시 책을 읽어준 다음 불을 끄고 입을 맞췄다. 바로 옆방에 있을 테니 뭐 필요하거든 부르렴.

불 켜주면 안돼요?

침대 옆 램프를 켜줄게.

문도 열어놓고요, 할머니.

괜찮아, 아가. 할머니가 있잖아.

방에서 나가 옷을 갈아입은 뒤 다시 들여다보니 제이미는 아직도 깨어 문간을 쳐다보고 있었다.

괜찮니?

아이는 다시 전화기를 갖고 놀았다.

그만하고 자야 하는데.

조금만 더요.

아니, 지금 바로야. 그녀가 다가가서 전화기를 빼앗아 옷장 위에 올려놓았다. 아가, 이제 자거라. 눈 감고. 그녀는 침대 옆에 앉아 손자의 이마와 볼을 쓰다듬었다. 그렇게 오래 앉아 있었다.

밤중에 잠이 깨어 보니 제이미가 들어와 울고 있었다. 아이를 침대에 눕히고 안아주자 그제야 다시 잠이 들었다. 이렇게 할머니와 손자는 커다란 침대에서 아침까지 함께 잤다.

그녀가 아이에게 입을 맞췄다. 화장실에 갔다 금방 올게.

돌아와 보니 아이가 문 앞 복도에 서 있었다. 애야, 겁낼 것 없어. 할머니 어디 안 가. 널 두고 아무데도 안 간다니까. 바로 여기 있잖아.

17.

둘째 날 밤도 전날 밤과 거의 똑같았다. 저녁을 먹고 그녀
는 카드 한 벌을 찾아 주방 테이블에서 아이에게 카드놀이를
가르쳤다. 함께 이층으로 올라가 아이는 잘 준비를 하고 그녀
는 옆 의자에 앉아 휴대전화를 빼앗고 한 시간쯤 책을 읽어
준 뒤 입을 맞추고 불을 켜놓고 방문을 열어놓고 자신의 방
으로 건너갔다. 자기 전 한번 들여다보니 휴대전화는 옷장 위
에 그대로 있고 아이는 잠이 들어 있었다. 하지만 제이미는
이날 밤도 한밤중 어두운 방에 들어와서 울었다. 다시 침대에
눕혀 재웠고 아침에 눈떠 보니 계속 자고 있었다. 아래층에서
아침을 먹고 그들은 함께 밖에 나갔다. 그녀는 손자에게 화단
을 보여주고 나무와 관목들의 이름을 알려줬으며 차고로 데
려가 칼이 물건을 수리할 때 쓰던 작업대와 그 위의 벽에 걸
린 공구들을 보여주었다. 아이는 별 흥미가 없었다.

루이스가 들렀다. 할머니와 우리 집에 와보지 않을래? 그
가 말했다. 보여줄 게 있단다.

뒷마당 헛간 한구석에 그날 아침 발견한 어린 생쥐 새끼들이 있었다. 새끼들은 분홍색이었고 아직 눈을 못 뜬 채 낑낑거리며 꼼지락댔다. 아이는 좀 무서운 모양이었다.

안 물어. 루이스가 말했다. 아직 아무것도 물지 못해. 갓난쟁이 새끼들이니까. 아직 젖을 먹거든. 이유가 안 된 거지. 그게 무슨 뜻인지 아니?

아니요.

어미가 더는 젖을 주지 않아서 새끼들이 다른 걸 먹는 법을 배워야 한다는 뜻이란다.

그러면 뭘 먹어요?

어미가 물어오는 씨앗이랑 음식 부스러기들이지. 날마다 새끼들이 어떻게 변하는지 지켜보자. 이제 뚜껑을 닫아야 해. 추워하거나 겁을 먹을 수 있으니까. 오늘 하루 놀이는 이 정도면 충분하단다.

그들이 나오자 애디가 말했다. 오늘 혹시 정원 일 도움이 필요하지 않아요?

도움은 언제나 환영이죠.

제이미가 도와줄 수 있을까요?

자, 어디 한번 물어봅시다. 날 좀 도와주겠니?

뭘 하는데요?

잡초도 뽑고 물도 주고.

할머니, 괜찮아요?

괜찮고말고. 루이스 할아버지랑 일하고 다 끝나면 집으로 데려다주실 거야. 그럼 함께 점심을 먹자.

잡초를 뽑아본 적이 한 번도 없는 아이여서 어떤 풀은 뽑고 어떤 건 놔두어야 하는지 일러줘야 했다. 조금 해보았지만 흥미를 보이지 않자 루이스는 수도꼭지에 호스를 연결하고 저압으로 물을 틀고는 당근과 근대와 무 같은 채소의 뿌리를 헤치지 않고 밑단에 물을 주는 법을 보여주었다. 이게 좀 나은 모양이었다. 수돗물을 잠그고 그들은 애디의 집으로 갔다. 그녀가 음식을 내왔다. 모두 테이블 앞에 앉아 샌드위치와 포테이토칩을 먹고 레모네이드를 마셨다.

이제 휴대전화 갖고 놀아도 돼요?

그래. 그런 다음에 좀 누워 자자꾸나.

아이가 제 방으로 올라가 휴대전화를 집어 들고 침대에 누웠다.

루이스가 말했다. 오늘 밤에도 안 오는 게 좋겠죠?

아마도. 내일은 괜찮을지 몰라요. 오늘 아침은 꽤 좋았죠?

그런 것 같더군요. 하지만 저 어린아이 속이 어떤지는 모르겠어요. 집을 떠나 있는 게 쉬운 일이 아닐 거예요.

내일 어떻게 되는지 보죠.

밤중에 잠이 깨어 한동안 누워 있던 아이는 침대에서 내려와 휴대전화를 들고 캘리포니아의 엄마에게 전화를 했다. 전화를 받지 않자 메시지를 남겼다. 엄마, 어딨어? 언제 돌아와? 나는 할머니 집에 있어. 엄마 있는 데로 가고 싶어. 전화해줘, 엄마.

전화를 끊고 이번에는 아빠에게 전화를 했다. 제이미가 메시지를 남기기 시작하고 나서야 진이 전화를 받았다.

제이미니?

아빠, 언제 데리러 올 거야?

왜? 무슨 일 있어?

아빠랑 있고 싶어.

얼마 동안 할머니하고 지내야 해. 아빠는 날마다 밖에 나가니까. 우리가 다 얘기한 거잖아.

집에 가고 싶어.

지금은 안 돼. 나중에, 개학하면.

너무 멀었어.

나아질 거야. 재미있는 일 안 해? 오늘 뭐 했어?

아무것도 안 했어.

아무것도 안 했어?

생쥐 새끼들을 좀 봤어.

어디서?

루이스 할아버지 집에서.

루이스 워터스. 거길 갔어?

거기 헛간에서. 새끼들이었어. 눈도 안 떴어.

만지면 안 돼.

안 만졌어.

거길 할머니랑 간 거야?

응. 그리고 점심을 먹었어.

재밌었겠네.

그래도 아빠랑 있고 싶어.

알아. 조금만 참아.

엄마는 전화도 안 받았어.

전화했었어?

응.

언제?

방금 전에.

늦었어. 아마 자고 있겠지.

아빠는 받았잖아.

나도 자고 있었어. 전화벨 소리에 깬 거야.

엄마는 누군가와 어디 나가 있는지 몰라.

그럴지도 모르지. 이제 전화 끊고 너도 자. 나중에 얘기하자.

내일.

그래, 내일, 잘 자라.

제이미는 전화를 끊고 애디가 했던 대로 옷장 위에 올려놓았다. 하지만 한밤중에 다시 잠이 깨 무서워 울다가 그녀의 방으로 들어갔다.

18.

제이미는 그날 밤에도 몇 시간을 애디와 잔 뒤 아침에 일어나 밥을 먹고 혼자 루이스의 집으로 가 앞문을 두드렸다.

네가 왔구나. 루이스가 말했다. 할머니는 어디 계시고?

혼자 가도 된다고 했어요. 오셔서 점심 드시라고 전해드리래요.

알았다. 뭘 하며 놀고 싶냐?

생쥐들을 봐도 돼요?

설거지를 마치고 모자를 써야겠다. 너도 모자를 써야 한다. 이곳은 볕이 세서 머리에 무엇이든 써야 하거든. 혹시 야구모자 없냐?

집에 두고 왔어요.

그럼 하나 사야겠구나.

함께 뒷마당 헛간으로 가 루이스가 상자 뚜껑을 열었다. 어미가 뛰쳐나와 구석으로 달아났고 분홍빛 새끼들은 서로 엎치락뒤치락 꼬물대며 끙끙거렸다. 아이가 허리를 굽히고 들여다보았다. 하나 만져도 돼요?

아직은 너무 어려 안 되고, 일주일 정도 기다려보자.

그들은 한동안 새끼 생쥐들을 바라보았다. 한 마리가 상자 가장자리까지 기어가 눈먼 얼굴을 쳐들었다.

뭐 하는 거예요?

나도 몰라. 냄새를 맡고 있는지도 모르지. 아직 아무것도 보지 못해. 이제 뚜껑을 닫아주는 게 좋을 것 같다.

내일 또 봐도 돼요?

그럼. 하지만 여기 혼자 들어오진 말거라.

그들은 또 정원에 나가 잡초를 뽑고 근대와 토마토에 물을 주었다. 정오경에 애디의 집으로 가 점심을 먹었다. 제이미가 전화를 갖고 놀려고 이층으로 올라가자 애디가 말했다. 오늘 밤에는 와도 될 것 같아요.

너무 이르지 않을까요?

아니에요. 아이가 당신을 좋아해요.

별로 말도 안 하던데요.

당신을 뜯어보고 있는 게 보이잖아요. 당신의 승인을 받고 싶어 하는 거예요.

지금 상황이 아이에게 아주 힘들 것만 같아요.

힘들죠. 하지만 당신이 도와주고 있어요. 고마워요.

나도 즐거운 일이에요.

그래, 오늘 밤 올 건가요?

그래봅시다.

날이 어두워지자 루이스는 애디의 집으로 갔다. 그녀가 문 앞에 마중 나와 있었다. 이층에 있어요. 그녀가 말했다. 당신 이 올 거라고 얘기해두었고요.

어떻게 받아들이던가요?

얼마나 빨리 오는지 묻던데요. 왜 오는 건지도요.

루이스가 웃음을 터뜨렸다. 나도 들었더라면 좋았겠군요. 그래서 뭐라고 했어요?

당신이 좋은 친구라고, 가끔 밤에 만나서 나란히 누워 이 야기를 나눈다고요.

뭐, 거짓말은 아니네요. 루이스가 말했다.

주방에서 루이스는 맥주를 애디는 와인을 마신 다음 그들 은 이층 제이미의 방으로 올라갔다. 아이는 휴대전화를 갖 고 놀고 있었다. 애디는 전화를 옷장 위에 올려놓고 책을 읽 어주었다. 루이스는 의자에 앉아 있었다. 얼마 후 그들은 불 을 켜놓고 방문을 열어놓고 그녀의 방으로 건너갔다. 루이스 는 화장실에서 옷을 갈아입고 침대로 들어왔다. 그들은 한동안 이야기를 나눈 뒤 손을 잡고 잠들었다. 한밤중 아이의 비명 소리에 두 사람은 잠에서 깨어 아이 방으로 달려갔다. 땀 투성이가 되어 울고 있었다. 눈은 공포에 질려 있었다.

왜 그러니, 아가야? 나쁜 꿈을 꾼 거야?

그래도 계속 울자 루이스는 아이를 안아들고 애디의 방으로 가 큰 침대의 가운데에 눕혔다.

애야, 괜찮다. 루이스가 말했다. 우리 둘 다 여기 있잖아. 우리랑 함께 자자꾸나. 네 양옆에 우리가 있어줄 거야. 그가 애디를 바라보았다. 너를 가운데 두고 우리 셋이 한 무리가 되는 거란다.

그가 침대에 올라갔다. 애디는 방에서 나갔다.

할머니 어디 가요?

곧 돌아오셔. 화장실에 가시는 거야.

애디가 돌아와 다른 편에 누웠다. 이제 불을 끌 거야. 그녀가 말했다. 하지만 모두 다 여기 있어.

루이스가 아이의 손을 잡았고 세 사람은 어둠속에서 함께 누워 있었다.

친숙한 어둠. 루이스가 말했다. 모두가 편안하고 아무도 근심이나 두려움이 없구나. 그가 부드럽게 노래를 부르기 시작했다. 아름다운 테너의 음색이었다. 그는 "누군가 다이나와 함께 부엌에 있다"와 "골짜기 아래"를 불렀다. 제이미가 긴장을 풀고 잠에 빠져들었다.

애디가 말했다. 노래 부르는 건 처음 들었어요.

홀리에게 노래를 불러주곤 했어요.

나한테는 안 해줬으면서.

당신을 놀라게 하고 싶지 않았거든요. 쫓겨날까봐서요.

근사했어요. 그녀가 말했다. 가끔씩 당신은 퍽 멋진 남자예요.

밤새도록 이렇게 떨어져 자야겠군요.

당신에게 좋은 에너지를 보내줄게요.

너무 야한 걸로는 말고요. 잠을 설칠 테니까.

한번 두고 보세요.

19.

어느 여름날 저녁, 루이스는 애디와 제이미와 루스를 차에 태우고 함께 고속도로에 있는 섀턱 카페에 햄버거를 먹으러 갔다. 늙은 이웃 여인은 루이스 옆자리에, 애디와 제이미는 뒷좌석에 앉았다. 젊은 처녀가 주문을 받고 음료수와 냅킨과 햄버거를 갖다 주었고 그들은 차 안에서 먹었다. 고속도로는 벗어났어도 건너편 작은 회색집의 뒷마당 말고는 별로 볼 게 없었다. 다 먹고 나서 루이스가 말했다. 루트비어 플로트를 사갖고 가면 좋겠네요.

어디로 가나요? 루스가 말했다.

소프트볼 경기를 구경할 생각이었어요.

아, 그걸 안 한 지도 30년이네요. 그녀가 말했다.

그럼 오늘 해야죠. 루이스가 말했다. 그는 플로트 네 개를 주문하고 고등학교 뒤편의 야구장까지 차를 몰았다. 구장에 도착해서는 높고 휘황한 불빛 아래 담장 뒤 외야에서 본루 쪽으로 차를 세웠다.

나는 제이미하고 관람석에서 좀 보고 있을게요.

그럼 내가 루스 옆에 앉을게요. 애디가 말했다. 서로 얘기도 하면서 경기도 볼 수 있으니까.

루이스와 제이미는 플로트 컵을 들고 철책을 따라 다른 차들을 지나 본루 뒤 나무로 만든 관람석으로 갔다. 사람들이 루이스에게 인사를 하고 아이가 누구냐고 물었다. 애디 무어의 손잔데요, 그가 말했다. 친해지고 있는 중이에요. 그들은 고등학교 남학생들 뒤에 자리 잡고 앉았다. 붉은 티셔츠와 흰 반바지를 입은 여기 여자들이 이웃 팀과 시합을 하고 있었다. 녹색 잔디 위에서 밝은 조명을 받은 여자들이 예뻐 보였다. 팔다리가 잔뜩 그을려 있었다. 홈팀이 넉 점 앞서 있었다. 루이스는 소프트볼에 관해 아무것도 모르는 것 같은 제이미에게 알아들을 수 있을 만큼만 설명을 해줬다.

공놀이를 전혀 안 하니? 루이스가 말했다.

네.

글러브는 있어?

몰라요.

소프트볼 글러브가 뭔지는 알고?

아뇨.

저 여자들이 손에 끼고 있는 거 보이지? 그게 소프트볼 글러브야.

그들은 한동안 경기를 구경했다. 이곳 팀이 석 점을 더 내자 관람석의 구경꾼들이 환호성을 질렀다. 루이스가 한 선수에게 응원의 함성을 보내주자 그녀가 그를 알아보고 손을 흔들었다.

저 사람 누구예요?

내 제자란다. 이름은 디 로버츠. 영리한 아이였지.

애디와 루스는 차창을 내리고 앉아 있었다. 아직 장 보러 갈 때 안 됐죠? 애디가 말했다.

아니, 필요한 거 없어요.

가야 할 때 알려주세요.

늘 그러고 있어요.

아닌 것 같은데요.

이제 뭘 많이 먹지 않으니까요. 그래도 배가 고프지 않으니 괜찮아요.

그들은 경기를 구경했다. 이곳 팀이 점수를 낼 때마다 애디가 경적을 울렸다.

아직도 루이스가 건너오데요. 루스가 말했다. 아침마다 집으로 돌아가는 게 보여요.

제이미가 여기 있어도 문제될 게 없다고 판단했어요.

그래요. 아이들은 거의 무엇이든 받아들이고 적응하죠. 잘 만 한다면 말이에요.

우리가 아이에게 해를 끼치고 있다고 생각하지 않아요. 혹 시 그런 뜻인지 모르겠는데, 우린 아무것도 하지 않거든요.

아니, 그런 뜻 아니에요.

어쨌든, 우리는 안 해요. 안 했어요.

그렇다면 하는 게 좋아요. 나처럼 늙어빠질 때까지 기다리 는 게 아니라면.

루이스와 제이미가 관람석에서 내려와 쓰레기통에 컵을 버리고 차로 돌아갔다. 애디도 뒷좌석으로 돌아가고 그들은 시더 스트리트를 향해 달렸다. 루이스는 루스를 현관문까지 부축해주고 집에 잠시 들렀다 애디의 집으로 건너갔다. 제이 미는 벌써 침대 가운데 자리에서 잠들어 있었다.

오늘 저녁 고마웠어요. 애디가 말했다.

이 아이가 공놀이를 안 해봤다는 걸 알았어요?

아뇨. 하기야 아이 아빠도 운동에는 소질이 없었어요.

무릇 사내아이는 공놀이를 하며 자라야 한다고 생각해요.

피곤해요. 그녀가 말했다. 자야겠어요. 거기, 어둠속에서,

맘껏 이야기해요. 완전히 지쳤어요. 하룻밤 재미로는 지나쳤
던가 봐요.

20.

이튿날 루이스는 메인 스트리트의 홀트 잡화점으로 제이미를 데려가 아이와 애디와 자신이 쓸 가죽 글러브 세 개, 단단한 고무공 세 개, 그리고 작은 방망이 한 개를 샀다. 진열대에 걸린 야구모자들 중 어떤 게 맘에 드는지 묻자 아이는 보라색과 검정색이 섞인 걸 골랐다. 계산대의 키 작고 구부정한 남자가 모자 둘레를 조절해주자 아이는 그것을 받아들고 심각한 표정으로 그들을 올려다보았다.

괜찮아 보이는구나. 루이스가 말했다.

이곳 햇볕에 타지 않게 이 모자가 널 지켜줄 게다. 키 작은 남자가 말했다. 이름은 루디였고, 루이스와는 오래전부터 알아온 사이였다. 아직도 일한다는 게, 아니 아직도 살아 있다는 게 놀라웠다. 키가 큰 다른 매니저 밥은 몇 해 전에 이미 죽었고 가게 주인 여자는 어머니가 죽은 후 덴버로 돌아갔다.

그들은 루이스의 집으로 돌아왔다. 루이스는 날아오는 공에 맞춰 글러브를 돌리는 법을 제이미에게 보여주었다. 그리고 두 사람은 애디의 집과 루스의 집 사이의 그늘로 가 던지고 받기 놀이를 했다. 아이는 처음에는 형편없다가 약간 나아지더니 방망이로 공을 치고 싶어 했다. 한참만에 공을 맞히자 루이스가 대대적인 칭찬을 해주었다. 그들은 던지고 치기를 조금 더 한 다음 다시 던지고 받기로 돌아갔다. 아이의 실력이 점점 좋아졌다.

애디가 나와 지켜보았다. 이제 그만할까? 점심 먹어야지. 그게 뭐야? 야구 글러브네?

새 모자도 샀어요.

그랬구나. 루이스 할아버지에게 고맙다고 했니?

아니요.

해야지. 안 그래?

고마워요, 루이스 할아버지.

고맙기는, 아니다.

할머니 글러브도 있어요. 제이미가 말했다.

어, 나는 할 줄 모르는데.

배워야죠, 할머니. 난 배웠어요.

그날 밤 제이미가 가운데서 잠든 후에 루이스가 말했다. 이 아이에겐 개가 있어야 해요.

왜 그렇게 생각하는데요?

휴대전화랑 비실비실한 늙은 할머니나 할아버지 말고 함께 놀아줄 누군가가 필요하거든요.

고마운 표현이로군요. 애디가 말했다.

아니, 농담 아니고, 개가 있어야 해요. 내일 필립스에 가 동물보호소를 둘러보면 어때요.

집 안에 강아지를 들이고 싶지 않아요. 강아지를 돌볼 기운도 없고요.

아니, 다 자란 개 말이에요. 배변 훈련도 다 된, 착하고 작은 나이든 개요.

모르겠어요. 공연히 일거리를 만드는 게 내키지가 않아요.

우리 집에서 기를게요. 제이미가 와서 함께 놀 수 있도록.

늘 개랑 사는 게 괜찮아요? 그런 줄 몰랐는데.

상관없어요. 개를 길러본 지 참 오래됐네요.

당신 맘대로 해요. 나라면 안 했을 생각이지만요.

그들은 아침을 먹고 길을 나서서 물을 댄 옥수수밭과 메마른 밀밭을 지나 좁은 주립 고속도로를 타고 홀트의 북쪽으로 가다 레드 윌로우에서 서쪽으로 꺾어 인접 카운티의 시골 학교를 지나친 후 다시 북쪽으로 방향을 틀어 플랫 리버 계곡에 있는 필립스에 닿았다. 동물보호소는 도시 끝머리에 있었다. 그들은 접수대 여자에게 다 자란 개를 원한다고 말했다.

그런 개들이 가장 많죠. 그녀가 말했다. 특별한 종류를 원하세요?

아뇨. 그냥 너무 거칠거나 정신없지 않으면 되고, 하루 종일 앙앙거리고 짖지 않으면 돼요.

이 아이가 데리고 놀 개를 찾는 거군요. 자 한번 볼까요.

여자는 느릿느릿 자리에서 일어나 사무실 건너 뒤쪽으로 그들을 데려갔다. 그녀가 문을 여는 순간 우리 안의 개들이 미친 듯이 법석을 떠는 바람에 누가 뭐라는지 하나도 들리지 않았다. 그들이 들어가자 뒤에서 문이 닫혔다. 중앙 통로 양옆에 우리들이 줄지어 서 있었다. 우리 하나에 개 두 마리씩 들어 있었다. 실내에는 악취가 가득했다. 카펫이나 양탄자 쪼가리들을 놓아 개들이 눕게 했고 시멘트 바닥 위에는 물그릇이 있었다.

직접 둘러보세요. 자세히 보고 싶은 놈이 있으면 말씀하시고요.

밖에 데리고 나갈 수도 있나요?

네. 하지만 끈을 달아야 해요. 여기 문에 걸린 걸 쓰세요.

그녀가 나가자 그들은 우리들을 지나치며 하나하나 들여

다 보았다. 온갖 종류와 색깔의 개들이 다 있었다. 제이미는 요란한 짖는 소리에 겁을 먹고 루이스 옆에 바짝 붙어 걸었다. 그들은 뒤돌아 다시 한 번 개들을 살펴보았다.

맘에 드는 개가 있었니?

모르겠어요.

얘는 어떠니? 애디가 말했다. 검정과 흰색이 섞인 보더 콜리 잡종견으로 암놈이었고 오른쪽 앞발에 반창고 아니면 플라스틱 튜브 같은 게 달려 있었다. 착해 보이네. 애디가 말했다.

발에 저게 뭐예요? 제이미가 말했다.

나도 모르겠구나. 물어보면 돼. 개를 보호하기 위한 것 같은데.

루이스가 철망 사이로 손가락을 집어넣자 개가 코를 킁킁거리며 핥았다. 이놈을 데리고 나가보자. 그가 우리를 열고 안으로 들어가 개 목걸이에 끈을 달고는 방 동무는 못 나가게 막아섰다. 개는 아무런 말썽 없이 우리 밖으로 나갔고 그들은 개와 함께 사무실로 돌아갔다.

좋은 개를 찾으셨군요. 여자가 말했다.

글쎄, 그럴지도 모르죠. 루이스가 말했다. 밖에 데리고 나가 다른 개들 없이는 어떤지 보고 싶은데.

주차장 밖으로만 나가지 않으면 돼요.

그들은 주차장으로 나가 차들을 지나 잡초와 흙이 있는 가장자리로 갔다. 개는 곧바로 쪼그리고 앉았다. 착한 녀석이구나. 루이스가 말했다. 밖에 나와 흙바닥으로 올 때까지 기다린 거야. 네가 끌어보겠니, 제이미?

먼저 한번 어루만지게 해줘요. 애디가 말했다.

제 몸 위에서 사람들이 모두 허리를 굽히자 개는 궁둥이를 붙이고 앉았다. 머리를 쓰다듬는 제이미를 개가 올려다보았다.

한번 해볼래? 내가 옆에 있어줄 테니.

개가 괜찮을까요? 발은 왜 이런데요?

저기 아주머니에게 물어보자. 걸을 때 조금 절긴 하는데 많이 아파하는 것 같지는 않아.

아이가 끈을 들자 개가 일어나 아이 옆에서 따라 걸었다. 루이스와 제이미와 개는 주차장을 한 바퀴 돌았다. 루이스가 말했다. 이번에는 혼자 해보렴. 제이미는 개를 데리고 다시 한 바퀴를 돌았다. 개가 마음에 드는 게 분명했다. 그들은 안으로 돌아갔다. 개는 오른발을 조심하며 절름거렸다. 겨울철 밤새도록 베란다 콘크리트 바닥에 묶여 있었던 탓에 동상이 들었고 수의사가 발가락을 잘라내야 했다고 여자가 설명했다. 상처에는 흰색 플라스틱 튜브를 달고 벨크로로 붙여놓았는데,

집 안에서는 벗겨놓고 밖에 나갈 때 다시 붙이면 된다고 했다. 여자는 튜브를 벗겼다가 다시 다는 시범을 보여줬다.

몇 살인가요? 루이스가 말했다.

다섯 살쯤으로 짐작해요.

이 녀석을 데려갈게요. 혹시 잘 안 된다면 데려와도 되나요?

쉽사리 포기하지 말고 최대한 노력해주셨으면 해요.

그럴게요. 하지만 정 어쩔 수 없으면 데려와도 되는지 해서요.

네, 그러셔도 돼요.

루이스가 비용을 내자 여자는 개의 신상정보가 담긴 서류들과 접종기록을 건네주었다. 그들은 개를 데리고 주차장으로 나갔다. 루이스는 제이미와 개를 뒷좌석에 나란히 앉히고 집으로 돌아가는 고속도로에 올랐다. 시간이 좀 지나자 개가 아이의 다리 위에 머리를 얹고 눈을 감았다. 제이미가 개를 쓰다듬자 애디는 루이스에게 고갯짓으로 뒤를 보라는 신호를 했고 루이스는 백미러 각도를 조절했다. 이제 아이도 개도 잠이 들어 있었다. 홀트에 도착하자 루이스는 먼저 애디를 내려준 뒤 집으로 가서 아이와 함께 주방 바닥에 개가 잘 곳을 만들어줬다. 개에게 집 안을 좀 보여줄 테냐? 그가 말했다.

나도 다른 방에는 안 가봤어요. 제이미가 말했다.

정말 그랬지. 그가 아이와 개를 이끌고 집 안을 보여주었다. 이층으로 올라갈 때는 개가 한쪽 발을 들고 세 발로 계단을 앞장서서 올랐다. 그들은 다시 주방으로 돌아왔다. 할머니가 점심을 준비하셨는지 한번 보자.

개는 어떻게 해요?

데리고 가야 할 것 같다. 아직 모든 게 낯설 텐데 혼자 두는 건 좋지 않아.

아이가 끈을 잡고 나섰다. 그들은 길을 건너고 골목을 지나 애디의 집으로 가 노크를 하고 들어갔다.

주방에서 애디가 말했다. 이름은 정했어요? 이름이 있어야 하잖아요. 동물보호소 여자가 뭐라고 부르지 않았나요?

티피라고 하던데. 루이스가 말했다. 하지만 그건 맘에 안 들고.

보니 어때요? 아이가 말했다.

어디서 나온 이름이니?

우리 반 여자아이 이름이에요.

네가 좋아하는 아이니?

조금.

좋다, 그럼. 보니다.

잘 어울리는 이름이네. 애디가 말했다.

제이미와 루이스는 주방 바닥에 깔아놓은 카펫 위에 개를 남겨놓고 저녁을 먹으러 애디의 집에 갔다. 저녁을 먹고 나서 다 함께 개가 어떻게 하고 있나 보러 갔더니 개는 낑낑거리며 울고 있었다. 멀리까지 들렸다.

일단 우리 집으로 데려가는 게 어떨까요? 애디가 말했다. 루스랑 다른 이웃들이 좋아하지 않을 것 같아요.

그다음에는 어쩌고요?

두고 봐야죠.

그들은 개를 애디의 집으로 데려갔다. 애디가 낡은 조각 융단을 내주자 개는 그것을 깔고 앉아 사람들을 번갈아 쳐다보았다. 제이미는 휴대전화를 갖고 놀려고 이층에 올라가며 개를 데리고 갔다. 루이스와 애디가 따라 올라가 개는 주방에 있어야 한다고 말해줬다. 하지만 얼마 못 가 개가 울기 시작했다. 애디가 말했다. 그래, 보내줄게, 네가 뭘 원하는지 알겠어.

루이스가 말했다. 밤새도록 저러면 안 되잖아요.

내가 보내준다 했잖아요.

루이스는 개를 앞쪽 침실로 데려갔다. 제이미는 침대 옆의 개를 보고 손을 아래로 내려 쓰다듬었다.

이러면 어떻겠니. 루이스가 말했다. 네가 보니와 함께 네 방으로 가는 거야. 밤새 데리고 있을 수 있어.

모르겠어요.

보니가 너와 함께 계속 있어줄 거야. 혼자가 아닌 거지.

아이가 침대에 올라가자 개도 뒤이어 뛰어올랐다.

이래도 돼요?

한번 해보자. 할머니가 안 된다면 어쩔 수 없는 거고.

그래도 불은 끄지 마세요.

그러마.

문도 열어놓고요.

이제 자거라. 보니가 계속 옆에 있어줄 게다.

루이스는 애디의 방으로 돌아가 침대 안으로 들어갔다.

말해봐요. 그녀가 말했다.

뭘요?

줄곧 이럴 속셈이었죠?

내 머리 그렇게 잘 돌지 않아요. 루이스가 말했다. 이제 저 아이의 발과 엉키지 않고 두 발 뻗고 잘 수는 있잖아요.

애디가 불을 껐다. 당신 손 어디 있어요?

언제나처럼 당신 바로 옆에요.

그녀가 그의 손을 잡았다. 이제 다시 이야기할 수 있어요. 그녀가 말했다.

무슨 얘기 하고 싶어요?

당신 생각이 어떤지 알고 싶어요.

뭐에 대해서요?

여기 오는 것에 대해서. 이제는 어떤 느낌인지. 여기서 밤을 보내는 게요.

견딜 만하게 됐어요. 이젠 정상으로 느껴져요.

정상, 그뿐이에요?

당신과 좋은 시간을 보내려고 노력하고 있어요.

그러는 줄 알아요. 진실을 말해봐요.

진실은, 이게 좋다는 것. 아주 좋다는 것. 이게 사라진다면 아쉬울 거라는 것. 당신은 어떤데요?

아주 좋아요. 그녀가 말했다. 기대했던 것보다 더요. 좀 신기해요. 여기 깃든 우정이 좋아요. 함께하는 시간이 좋고요. 밤의 어둠속에서 이렇게 함께 있는 것. 이야기를 나누는 것. 잠이 깼을 때 당신이 내 옆에서 숨 쉬는 소리를 듣는 것.

나도 그래요. 그것들 전부.

그러니까 말을 해봐요. 그녀가 말했다.

뭐 특별한 주제가 있어요?

당신에 대해 뭔가 더요.

안 지겨워요?

아직요. 지겨워지면 말할게요.

잠시만 생각해보고요. 개가 아이하고 한 침대에 자는 거 알죠?

그럴 줄 알았어요.

침대가 더러워질 거예요.

세탁하면 깨끗해지겠죠. 자, 어서 말해봐요. 아직 안 한 얘기들을 들려줘요.

21.

나는 시인이 되고 싶었어요. 다이앤 말고는 그 사실을 아는 사람이 없었을 거예요. 대학에서 문학을 공부하며 동시에 교사 자격증을 취득했어요. 시에 완전히 빠져 살았죠. 당시 인기 있었던 일반적인 시인들, 그러니까 T. S. 엘리엇, 딜런 토머스, e. e. 커밍스, 로버트 프로스트, 월트 휘트먼, 에밀리 디킨슨 등등을 읽었고. 하우스먼, 매슈 아놀드, 존 던의 시편들도 찾아 읽었죠. 그리고 셰익스피어의 소네트들, 브라우닝, 테니슨도요. 몇 편은 외우기도 했어요.

아직도 암송할 수 있어요?

그는 T. S. 엘리엇의 〈J. 알프레드 프루프록의 연가〉 시작 부분과 딜런 토마스의 〈양치식물이 자라는 언덕〉이랑 〈죽음은 우릴 지배하지 못하네〉 몇 줄씩을 외워 보였다.

그래서 어떻게 됐어요?

왜 시를 쓰지 않았냐는 말이죠?

아직도 관심이 있어 보이는데.

있어요. 옛날처럼은 아니지만. 글쎄요, 교사로 일을 시작했고 홀리도 태어났고, 자꾸 바빠졌지요. 여름에는 부업으로 사람들 집에 페인트칠을 해줬어요. 돈이 필요했으니까요. 아니, 적어도 그렇다고 생각했으니까요.

페인트칠 하던 건 기억이 나요. 다른 교사 두어 명이랑 함께였죠.

다이앤은 일하기를 원하지 않았었고 나도 누군가 홀리와 함께 집에 있어줘야 한다는 데 동의했어요. 그래서 그냥 저녁과 주말에 조금씩 시를 썼어요. 학회지랑 계간지에서 받아준 시가 두어 편 있었지만 대부분은 한줄 쪽지도 없이 거절됐어요. 어쩌다 편집자가 뭐라 한마디 써 보내주면 그걸 독려로 받아들이고 사실상 몇 달씩은 거기 기대어 살았어요. 돌아보면 놀랄 일도 아니에요. 시시하고 형편없는 것들이었으니까. 흉내내기에 불과했고, 쓸데없이 복잡했어요. '붓꽃처럼 푸른iris blue'이라는 표현을 쓴 시가 있어요. 그거야 괜찮은데 그걸 나눠서 'i of ris blue'라고 썼다는 거 아네요.

무슨 뜻이죠?

누가 알겠어요. 알면 또 뭐하고요. 초창기 시였는데 대학 교수 한 분께 보여줬더니 읽고 나를 한동안 바라본 다음, 글쎄, 흥미롭군, 계속 정진하게, 이러더군요. 아, 정말이지 한심

한 것들이었어요.

하지만 계속 노력했다면 좋아졌을 수도 있잖아요.

그랬을지 모르죠. 하지만 그렇게 안 됐어요. 소질도 역량도 없었던 거예요. 다이앤도 좋아하지 않았고요.

왜요?

모르겠어요. 일종의 위협처럼 느껴졌던 게 아닐까요. 시에 대한 나의 사랑을, 그것에 빠져 나 홀로 고립되어 지내는 시간을 질투했던 것도 같아요.

당신이 시를 쓰고 싶어 하는 걸 지지하지 않은 거군요.

그녀는 하고 싶은 일이 하나도 없었어요. 홀리를 기르는 일 말고는. 그리고 앞서 말했듯이 함께 만나는 여자들 사이에서 그런 생각과 의견들을 승인받은 거예요.

어쨌든 지금이라도 다시 시작하면 좋겠네요.

시기가 지난 것 같아요. 이제 당신이 있잖아요. 나는 우리 관계에 대해 꽤 열정적이거든요. 그건 그렇고, 당신은요? 뭘 하고 싶었는지 얘기해준 적이 없는 것 같은데요.

교사가 되고 싶었어요. 링컨의 대학에서 강의를 듣기 시작했는데 카니가 뱃속에 들어서는 바람에 중퇴했죠. 그러다 칼의 사업을 돕기 위해 부기 강좌를 들었고 전에 말했던 대로 그의 파트타임 접수계원과 경리 사원 노릇을 했어요. 알고 있듯이 진이 학교에 다니기 시작하면서부터는 홀트 시청의 서기 일을 꽤 오래 했죠. 아니 너무 오래 했어요.

교사 일은 왜 다시 시작하지 않았어요?

정말로 진지하게 원했던 건 아니었던 거죠. 여자들이 많이 하니까 그냥 그랬던 것 같아요. 교사 아니면 간호사였잖아요. 당신과는 다르게 자신이 정말 원하는 일이 뭔지 모르는 사람들도 있어요.

그래봤자 안 한 건 나도 마찬가진 걸요. 뭐. 겉만 핥다 말았지.

하지만 고등학교에서 문학을 가르치는 일을 좋아했잖아요.

그러긴 했죠. 그래도 달랐어요. 한 해에 몇 주씩 시를 가르치기만 했을 뿐 쓰지는 않았어요. 아이들이야 시 따위에는 관심도 없었고요. 대부분 그랬어요. 지금도 그때를 돌아보며 아마 이럴 거예요. 워터스 영감이 또 한바탕했지. 젊은 운동선수의 시신을 의자에 실어 마을을 돌았다는 백 년 전에 누가 쓴 시를 갖고 헛소리를 지껄였잖아.(알프레드 에드워드 하우스먼의 〈젊어서 죽은 운동선수에게To an Athlete Dying Young〉를 가리킴—옮긴이) 아이들은 그런 일을 이해하지도, 스스로에게 일어날 수 있다고 상상하지도 못했어요. 시 한 편씩을 외우게 하자 사내아이들은 최대한 짧은 시를 선택했어요. 암송 차례

가 되면 말 못하게 겁이 나 몸이 뻣뻣하게 굳었죠. 거의 가엾을 정도였어요.

태어나서 15년간 트랙터를 운전하고 조파기로 밀 씨앗을 파종하고 콤바인에 기름칠하는 법이나 배운 아이들에게 역시 밀을 기르고 트랙터를 몰고 돼지를 먹이며 자란 또래의 남녀 아이들 앞에서 느닷없이 큰 소리로 시를 외우라는 거였으니까요. 영어 교과를 통과하려면 "나무 중 가장 예쁜 나무, 벚나무가 지금"(Loveliest of Trees, the Cherry Now, 알프레드 에드워드 하우스먼의 시─옮긴이)이 어쩌고저쩌고, 그것도 "가장 예쁜"이란 낱말을 외쳐야 했으니까요.

그녀가 웃음을 터뜨렸다. 그래도 아이들에게 득이 됐을 거예요.

나야 그렇게 생각했죠. 아이들은 달랐을 것 같아요. 지금도 그럴걸요. 워터스 영감의 수업을 일종의 통과의례라 생각하고 함께 견뎌냈다는 데 대한 공동의 자부심 정도가 전부일 거예요.

자신에 대해 너무 가혹하네요.

프루프록 시를 토씨 하나도 안 틀리고 완벽하게 외운 똑똑한 시골 소녀가 있긴 했어요. 의무사항도 아니었는데 스스로의 의지와 결정으로요. 아이들한테 뭔가 짧은 시 하나씩을 외우라고 했을 뿐이었거든요. 그 여학생이 모든 행을 그토록 잘 외우는 걸 보자 정말 눈물이 나더군요. 그 시에 깃든 의미까지 꽤 잘 이해하고 있어 보였어요.

어두운 침실 바깥에서 갑자기 바람이 일더니 열린 창안으로 거세게 밀려들어오면서 커튼이 이리저리 펄럭거렸다. 그리고 비가 내리기 시작했다.

창문을 닫는 게 좋겠어요.

꼭 닫지는 말아요. 냄새가 예쁘잖아요. 지금 가장 예뻐요.

정답이에요.

그가 일어나 약간만 남기고 창문을 닫은 뒤 침대로 돌아갔다.

두 사람은 나란히 누워 빗소리를 들었다.

우리 둘 다 인생이 제대로, 뜻대로 살아지지 않은 거네요. 그가 말했다.

그래도 지금은, 이 순간은, 그냥 좋네요.

이렇게 좋을 자격이 내게 있나 의심스러울 정도로요. 그가 말했다.

어머, 당신도 행복할 자격 있어요. 그렇게 안 믿어요?

지난 두어 달, 그리된 것 같아요. 이유는 뭔지 몰라도요.

이게 얼마나 지속될지 여전히 회의적인 거죠?

모든 것은 변하니까요. 그가 다시 침대에서 내려갔다.

어디 가요?

녀석들이 어쩌고 있는지 보고 올게요. 바람이랑 비가 무서웠을지도 몰라요.

당신이 들어가면 더 무서울지 모르는데요.

조용히 하면 돼요.

그래요. 갔다 와요.

아이는 잠들어 있었다. 개는 베개 위에서 머리를 들고 루이스를 쳐다보더니 도로 누웠다.

애디의 방에 돌아온 루이스는 창밖으로 손을 뻗어 처마에서 떨어지는 빗물을 만져보았다. 그리고 침대 위로 올라가 그녀의 부드러운 뺨에 자신의 젖은 손을 갖다 댔다.

22.

다시 뒷마당의 헛간에 들어가 살펴보니 새끼 생쥐들은 털이 짙어졌을 뿐 아니라 눈도 뜰만큼 자라 있었다. 루이스가 뚜껑을 열자 새끼들이 잽싸게 요리조리 움직였다. 어미는 없었다. 반짝이는 검은 눈의 조그만 생쥐들이 코를 킁킁거리며 서로의 몸 위로 올라가고 숨고 하는 모양을 그들은 지켜보았다. 이제 둥지를 떠날 때가 다 됐다. 루이스가 말했다.

그럼 어떻게 되는데요?

어미가 가르쳐준 대로 산단다. 나가서 먹을 것을 찾고 스스로의 둥지를 틀고 다른 쥐와 짝을 맺어 새끼도 낳을 거야.

이제 못 보게 되는 거예요?

아마도 그럴 게다. 정원이나 차고 주변이나 담장 옆이나 헛간 바닥 같은 데서 볼 수 있을지도 모르지. 살펴봐야 할 거야.

어미는 왜 달아났어요? 새끼들만 남겨놓고요.

우리가 무섭기 때문이야. 새끼들만 남겨놓는다는 사실보다도 우리가 더 무서운 거지.

하지만 우리는 얘들을 해치지 않을 거잖아요.

그럼. 집 안에 있는 건 안 되지만 여기 바깥은 상관없어. 차 아래 들어가 배선을 갉아먹지만 않는다면.

어떻게 그걸 해요?

쥐들은 못 가는 데가 거의 없거든.

23.

애디가 말했다. 안 그래도 돼요.

아니에요. 루스가 말했다. 보답하고 싶어 그래요. 나를 데리고 외출해준 게 고마워서요.

그럼 나는 뭘 가져올까요?

그냥 몸만 와요. 루이스랑 제이미도요.

오후에 그들은 루스의 낡은 집 뒷문으로 갔다. 음식을 만드느라 뺨이 붉어진 루스가 실내용 원피스에 앞치마, 슬리퍼 차림으로 걸어 나왔다. 그녀가 그들을 안으로 들였다. 계단 밑에서 보니가 낑낑거렸다. 어, 애도 들어와도 돼요. 아무 상관 없어요. 보니가 계단을 기어올라 안으로 들어갔다. 그들도 따라 올라갔다. 주방에 들어가니 이미 테이블이 차려져 있었고 오븐 열기로 인해 몹시 더웠다. 여기서 먹을까 했었는데 너무 더워졌네요.

루이스가 문간에 서서 말했다. 다이닝룸으로 옮길까요?

그건 너무 성가시고요.

그냥 전부 거기로 옮기면 되는 걸요. 창문을 조금 열어두
던지.

열리기나 할는지 모르겠어요. 한번 해봐요.

그가 나사돌리개를 사용하여 내받이창 두 개를 열었다.

야, 열었네요. 글쎄, 남자들이 쓸 만한 데가 몇 가지 있다
니까. 거기까지만 얘기하죠.

지당하신 말씀이에요. 루이스가 말했다.

그들은 마카로니, 치즈 캐서롤, 사우전드 아일랜드 드레싱
과 통조림 완두콩을 곁들인 마타리상추, 버터 바른 빵, 그리
고 오래된 유리 주전자에서 따른 아이스티로 저녁을 먹고 후
식으로 니어폴리턴 아이스크림까지 먹었다. 보니는 제이미
의 발치에 누워 있었다.

저녁식사 후 루스가 제이미를 거실로 데려가 벽과 책상 위
사진들을 보여주는 동안 애디와 루이스는 테이블을 치우고
접시를 닦았다.

이것 봐라. 그녀가 말했다. 이게 뭘 것 같니?

모르겠어요.

이게 홀트란다. 1920년대의 홀트가 이랬어. 90년 전이네.

아이는 그녀의 늙고 야윈 주름투성이 얼굴을 올려다보고
는 사진을 보았다.

얘, 내가 태어나기 전이야. 나 그렇게 늙진 않았단다. 우리 어머니가 해주신 얘기지. 메인 스트리트를 따라 줄지어선 나무들. 시대에 뒤떨어져 보이는, 정연하고 조용한 마을. 예쁘지 않니? 걷고 쇼핑하기에 좋은 곳이었을 거야. 그러다 전기가 들어왔고 전신주와 가로등이 메인 스트리트에 박혔지. 그리고 어느 날 밤, 주민들이 잠든 사이 나무들을 다 베어버렸어. 이튿날 아침, 사람들은 시의회가 무슨 짓을 저질렀는지 두 눈으로 보았어. 나무들이 가로등 불빛을 가린다는 이유에서였대. 사람들은 몹시 화를 냈지. 침을 뱉어줄 만큼이나. 우리 어머니도 오랫동안 화가 가라앉지 않았다더구나. 내게 이 이야기를 해주시고 이 오래된 사진을 간직하신 분이야. 남자들이란, 하며 혀를 차셨지. 시의회 의원이던 아버지조차 끝내 용서하지 않으셨고.

잠깐만요. 루이스가 말했다. 남자들이 쓸 만한 데가 있다고 했잖아요.

아니에요. 아직 집행유예예요. 하지만 이 아이는 달라요. 그녀가 말했다. 희망이 있거든요. 그녀가 두 손으로 제이미의 얼굴을 감쌌다. 너는 착한 아이야. 잊지 말거라. 그렇지 않다는 말은 절대 믿지도 말고. 알았지?

알았어요.

옳지. 그녀가 아이의 얼굴에서 손을 떼었다.

저녁밥 고맙습니다. 제이미가 말했다.

응, 아가야, 고맙긴.

그리고 그들은 루스의 집에서 나왔다. 애디, 루이스, 제이미, 그리고 보니는 시원한 여름 밤 속으로 발을 내디뎠다. 아름다운 밤이네요. 애디가 큰 소리로 외쳤다.

그래요. 루스가 회답했다. 그래요, 잘 자요.

24.

어느 날 아침 아직 선선할 무렵, 그들은 보니가 뛰어놀게 해주려 시골 마을에 갔다. 발에 보호용 튜브를 달아준 뒤 태우고 도시의 서쪽으로 달려 일직선으로 뻗은 자갈길에 들어섰다. 길가의 도랑에는 해바라기와 키 작은 나도기름새와 유카 연초들이 가득했다. 제이미는 뒷좌석의 보니를 내리게 해 목줄에 끈을 달았다. 보니는 제이미를 올려다보며 참을성 있게 기다렸다.

자, 가봐. 루이스가 말했다. 이제 맘껏 달릴 수 있단다. 어서 출발해. 그가 손뼉을 쳤다.

보니가 단숨에 내달았다. 도랑에 내려갔다 올라오기를 반복하면서 길을 따라 달렸다. 보호용 튜브를 단 발이 단단한 바닥에 부딪치며 부드러운 소리를 냈다. 아이도 개를 쫓아 달렸다. 애디와 루이스는 그들을 바라보며 느린 걸음으로 따라갔다. 차가 한 대도 지나가지 않았다.

이 개를 데려온 건, 잘한 일이었어요. 애디가 말했다.

아이가 더 행복해 보이죠?

그것도 그렇지만 우리랑 여기 지내는 것에 적응했으니까요. 집으로 돌아간 후에도 지속될지 모르잖아요.

아이와 개가 돌아왔다. 줄곧 달려온 아이는 얼굴이 벌게져서 숨을 헐떡거렸다.

다친 발로도 잘 달려요. 제이미가 말했다. 보셨어요?

개가 올려다보자 아이는 다시 개와 함께 달려 나갔다. 더워지고 있었다. 유월 중순이었다. 구름 한 점 없는 하늘 아래, 길가 밀밭의 밀은 밑동만 말끔하게 남은 채 이미 베여 있었고 바로 옆 옥수수밭에는 진한 녹색의 옥수수들이 줄지어 서 있었다. 밝고 더운 여름날이었다.

25.

칠월 하순 어느 날, 루스는 아직 운전을 해도 되는 다른 노파와 함께 메인 스트리트의 은행에 가 창구에서 인출한 현금을 받아 접어 지갑에 넣고 주머니 지퍼를 닫은 다음 뒤돌아서서 출입문 쪽으로 반쯤 방향을 틀다 고꾸라져 죽었다. 노쇠한 몸뚱이가 은행의 타일 바닥에 널브러져 호흡을 멈춘 것이다. 바닥에 닿기 전에 이미 숨을 거두었을 거라는 소리들도 나왔다. 다른 노파는 손으로 입을 가리고 울음을 터뜨렸다. 구급차가 왔으나 구조는 이미 물 건너간 상황이었다. 병원으로 이송하지도 않았다. 검시관이 도착해 사망 사실을 확인한 뒤 버치 스트리트의 장의사로 옮겼다. 시신을 화장하고 이틀 후 장로교회에서 간소한 장례식을 치렀다. 아직 살아 있는 친구들은 많지 않았다. 남녀 노인 몇몇이 다리를 절거나 발을 질질 끌며 교회 안으로 들어와 신도석에 앉았다. 야윈 가슴에 턱을 기댄 채 꾸벅꾸벅 졸다가 찬송가가 시작되자 일어나는 이들도 있었다.

애디와 루이스는 앞자리에 앉았다. 장례식을 주선하고 목사에게 루스 이야기를 해준 게 그녀였다. 목사는 루스를 전혀 몰랐다. 정통이라는 것에 회의를 느낀 데다 신에 대한 교회의 발언과 의견이 유치해서 어떤 교회에도 안 나간 지 오래됐기 때문이었다.

식이 끝나자 조문객들은 각자의 고요한 집으로 돌아갔다. 애디는 루스의 유골이 든 에나멜 입힌 항아리를 집으로 가져갔다. 알고 봤더니 루스에게는 사우스다코타에 먼 조카딸이 하나 살고 있을 뿐 직계 가족이 전무했다. 유산을 상속받게 된 조카딸은 일주일 후 홀트에 와서 변호사와 부동산 중개인을 만났고, 루스가 수십 년을 살아온 집은 그로부터 한 달 뒤 다른 주에서 은퇴해 들어온 부부에게 팔렸다. 조카딸은 루스의 유골을 원치 않았다. 원한다면 보관하세요, 라고 애디에게 말했다.

애디와 루이스는 새벽 두 시에 루스의 뒷마당에 나가 유골을 뿌렸다.

루스가 살아 있어 함께 드라이브인 카페에 들렀다가 야간 소프트볼 경기를 구경하던 때와는 이제 달라졌다. 제이미에게 모든 사실을 알려줄 필요가 없다고 그들은 결정했고 그래서 그냥 다른 곳으로 이사했다고 말해주었다. 완전히 거짓말인 것은 아니라고 생각했다.

좋은 사람이었죠. 루이스가 말했다. 참 좋은 인상을 받았
어요.

벌써 보고 싶어요. 애디가 말했다. 우리는, 당신과 나는, 어
찌될까요?

26.

애디가 말했다. 카니가 떠난 뒤로 칼은 딴 사람이 돼버렸
어요. 집 밖이나 사무실에서 다른 사람들과 함께 있을 때는
그저 괜찮아 보였지만 사실은 변했던 거예요. 딸을 무척 사
랑했어요. 나보다, 진보다요. 그 일이 있고 나서부터 칼은 진
에게 별로 관심을 보이지 않았어요. 이따금 비판적인 역할을
할 때만 빼놓고요. 아이를 꾸짖어 바로잡는 것 말이에요. 그
런 문제에 대해 내가 여러 번 이야기해봤지만 그때마다 앞으
로 고치겠다고 했을 뿐, 결코 전처럼 회복되지 않았고 그것
은 진에게 깊은 영향을 미쳤어요. 분명히 그랬어요. 나라도
보상해주려고 노력해봤지만 도무지 효과가 없었어요.

당신하고 칼은 어땠어요? 그것도 변했을 것 같은데.

카니를 보내고 1년간은 부부관계가 중단됐죠. 칼이 아무
런 흥미가 없었어요. 그러다 다시 시작했지만 별로였어요.
사랑의 감정 없는 육체관계일 뿐이었으니까요. 그런 식으로
1년쯤 지난 후엔 그마저도 완전히 끝이 났고요.

그게 언제였어요?

그가 떠나기 10년 전요.

그게 그립던가요?

물론이에요. 하지만 친밀감의 상실이 더욱 아쉬웠어요. 전혀 가깝지 않은 사이가 돼버렸으니까요. 서로 따뜻하게, 공식적으로는 유쾌하고 정중하게 대했지만, 겉치레일 뿐이었어요.

전혀 몰랐던 일이에요. 그런 눈치가 안 보였어요.

당연하죠. 어떻게 눈치 챌 수 있었겠어요? 사람들 앞에서는 서로를 친절하게, 거의 자상하다고 할 수 있게 대했는걸요. 우리도 이웃이었지만 당신 부부를 제대로 보지 못했잖아요. 사실 다 마찬가지였어요. 난 아무에게도 말하지 않았고 칼도 분명 그랬을 거예요. 진은 알았죠. 하지만 산다는 게 으레 그런 거려니, 했을 거예요. 결혼한 사람들은 서로를 그렇게 대하는 거려니, 뭐 그렇게요.

상당히 불행했겠어요.

아, 정말 그랬어요. 대화를 하려 해도 칼은 거부했어요. 옷을 다 벗고 침대로 다가가보기도 했어요. 향수를 뿌리고요. 우편주문업체 카탈로그에서 야한 잠옷을 주문하기까지 했지요. 혐오스러워하더군요. 어쩌다 섹스를 하게 되면, 서너 번 그랬는데, 거칠고 뭐랄까 야비하게 굴데요. 당연히 애정 행위가 아니었고, 그래서 전보다 더 불쾌해졌죠. 문제를 해결해보려는 시도를 나도 중단했고 그렇게 우리는 길고 예의 바르고 고요한 삶에 정착했어요. 나는 덴버의 음악회나 연극에 진을 데리고 가곤 했어요. 이 집과 거기 서린 비밀 외의 다른 것들을 아이에게 안겨주고 싶었어요. 홀트에서 벗어나 더 큰 세상을 보여주고 싶었어요. 그조차 성공했다고는 말 못 하겠네요. 진도 제 아빠처럼 마음의 빗장을 닫아걸었어요. 고등학교 시절엔 더 했고 그러다 대학에 들어가면서 전만큼 자주 보지 못하게 됐죠. 그래서 덴버에서 열리는 연극과 음악회를 나 혼자 보러 다녔어요. 스스로에게 호사를 시켜주고 싶더군요. 그럴 자격 있다고 생각했어요. 브라운 팰리스 호텔에 묵으며 혼자 밖으로 나가 값비싼 음식을 시켜 먹었어요. 덴버에서만 입을 용도로 드레스도 몇 벌 샀고요. 홀트에서는 그런 옷을 입고 남들 눈에 띄기 싫었어요. 사람들이 모르기를 원했어요. 그래도 아마 어떤 식으로든 누군가 알았을 것 같아요. 당신 아내를 포함해서요.

그랬는지 몰라도 내겐 한 마디도 안했어요.

다이앤의 그 점이 늘 마음에 들었어요. 남의 일을 수군거리고 험담을 할 사람이 아니라는 걸 믿어도 될 것 같았거든요.

그런데도 계속 함께 잤잖아요. 서로 다른 침대를 쓰지 않고요.

이상하게 들릴 거예요. 하지만 그 정도가 우리에게 남은 마지막 흔적이었어요. 절대 서로를 만지지 않았어요. 엄격하게 자기 자리를 지키고 밤에 자다가 실수로라도 상대방에게 스치지 않는 법을 배우게 됐죠. 상대가 아프면 돌봐주고 낮 동안에는 각자의 임무라고 생각되는 일들을 해내면서요. 칼은 화해를 위해 꽃을 사들고 오곤 했는데 그걸 본 마을 사람들은 정말 근사하다고 생각했을 거예요. 그런데 사실 이런 침묵의 비밀이 도사리고 있었던 거죠.

그러다가 그가 죽었고요. 루이스가 말했다.

그래요. 오래도록 돌봐줬어요. 그렇게 해주고 싶었어요. 아니, 그래야만 했어요. 그 일요일 아침 교회에서 죽기 전까지 아프다 낫기를 되풀이했어요. 그리고, 맞아요, 나는 그를 돌봐줬어요. 달리 방도가 없잖아요. 우리는 오래 서로에게 연결된 삶을 살았으니까요. 우리 둘 누구에게도 좋은 것은 아니었지만. 그게 우리의 역사였어요.

27.

주중에 그들은 루이스의 픽업트럭에 짐을 싣고 평원을 벗어나 산을 향해 서쪽으로 달렸다. 삼림이 짙은 낮은 기슭과 멀리 뒤로는 수목한계선 위로 칠월임에도 군데군데 눈이 남아 있는 흰 봉우리들로 이루어진 프런트 레인지에 다가갈수록 산이 높아져가는 것을 보면서 국립 고속도로 50번을 타고 여러 개의 도시를 지나 차를 몰았다. 어느 마을에 들러 햄버거를 먹은 뒤 다시 고속도로에 올라 아름다운 급류와 양쪽으로 난 가파르고 깔쭉깔쭉한 붉은 절벽이 인상적인 아칸소 강 협곡을 지나자 로키 산의 양떼가 나타났다. 모두 짧고 날카로운 뿔이 난 암양들이었다. 계속 달리다 240번 도로에서 노스 포크 캠프장 쪽으로 꺾어 국립공원에 진입했다. 캠프장에는 야영객이 많지 않았다. 그들은 샛강 근처에서 짐을 부리기 시작했다. 물 흐르는 소리가 들렸다. 송어들이 바위 밑의 구멍에 숨어 사는 맑고 차가운 시냇물이었다. 샛강 둘레와 뒤쪽 산중턱에는 기다란 전나무들과 거대한 폰데로사 소나무들과 사시나무들이 늘어서 있었다. 야영객들은 텐트 주위에 목재들을 둘러놓아 각자의 영역을 표시했고 근처에는 피크닉 테이블과 화덕들이 있었다.

텐트를 치고 나서 둘러봅시다. 루이스가 말했다.

화덕에서 조금 떨어진 데다 바닥이 평평해서 쓸 만하다고 루이스가 말한 장소에 텐트를 치는 일을 제이미도 도왔다. 루이스는 제이미에게 텐트 기둥을 제 위치에 세우고 로프를 바짝 당겨 바닥에 박은 다음 창 가리개와 문 덮개를 접어 올리는 법을 가르쳐줬다. 그들은 바람을 넣어 쓰는 휴대용 매트리스와 침낭들을 꺼냈다. 제이미와 보니가 한쪽에서 애디와 루이스가 다른 쪽에서 잘 것이었다. 애디는 침낭 하나의 지퍼를 풀어 펼친 뒤 그 위에 다른 하나를 더 펼쳐 루이스와 자신이 편안하게 잘 수 있도록 했고, 제이미의 침낭도 하나 펼쳤다.

텐트 설치를 끝낸 후 그들은 샛강으로 건너가 차디찬 물에 발을 넣어보았다.

너무 차요, 할머니.

저 산에 쌓인 눈 더미에서 곧장 내려온 물이란다.

이제 어두워지고 있었다. 저녁 먹을 시간이 한참 지났다. 국립공원에서는 나뭇가지를 자를 수 없게 되어 있었으므로 루이스와 제이미는 픽업트럭에서 땔감을 내려 옮겨왔다. 제이미가 주워온 말라 떨어진 잔가지들을 보태 그들은 돌멩이들을 원형으로 쌓아놓은 곳 안에 작은 모닥불을 피우고 그 위에 석쇠를 세웠다. 애디와 제이미가 프라이팬에 핫도그와 통조림 콩을 데웠고 당근과 포테이토칩도 꺼냈다. 음식이 데워지자 그들은 피크닉 테이블에 둘러앉아 먹으며 모닥불을 바라보았다.

나무를 더 가져오겠니? 루이스가 말했다.

제이미는 보니와 함께 불가에서 벗어나 픽업트럭으로 가 땔감을 한아름 안고 돌아왔다.

불 위에 얹어보렴. 루이스가 말했다.

제이미는 연기 때문에 눈물이 괸 눈을 깜박거리며 팔을 뻗어 나뭇조각 하나를 불 속으로 떨어뜨리고는 다시 앉았다. 산바람 덕에 공기가 서늘하고 맑았다. 그들은 말없이 모닥불과 산 바로 위의 별들을 바라보았다. 샤바노 산의 헐벗은 봉우리가 북쪽 밤하늘에서 빛나고 있었다.

그리고 루이스는 제이미를 데리고 샛강으로 가 갈대줄기 세 개를 꺾고 끝을 갈아 모닥불가로 돌아왔다. 할머니가 너를 놀래주실 게다.

뭔데요?

애디는 마시멜로 한 봉지를 꺼내더니 그 중 하나를 갈대줄기의 뾰족한 끝에 꿰었다.

불 가까이 대고 있어봐. 노릇노릇하고 연해질 테니까.

제이미가 그것을 받아들자 갑자기 불이 붙었다.

훅 불어 끄렴.

애디는 갈대줄기를 천천히 돌리면서 노릇하게 익히는 법을 보여주었다. 각각 두세 개씩 먹었다. 제이미의 입이며 손이 달콤한 마시멜로의 속과 재로 인해 끈끈하고 거뭇해졌다.

다 먹고 난 그들은 밤중에 곰들이 냄새를 맡고 다가오지 못하게 음식을 픽업트럭에 갖다 실었다. 그리고 루이스는 제이미를 화장실로 데려가 플래시를 켜들고 함께 들어가주었다.

빨리 볼일을 보고 나오렴. 루이스가 말했다. 여기서 공연히 서성일 필요 없으니까. 함께 있어주면 좋겠니?

냄새나요.

루이스는 변기 수조의 컴컴한 부분에 플래시 불빛을 비추었다.

자, 어서. 내가 있어주마.

루이스가 돌아서자 제이미는 바지를 내리고 변기에 앉아 아래 수조를 바라보았다. 그것이 무서웠던 것이다. 제이미에 이어 루이스도 볼일을 봤다. 그들은 보니가 기다리고 있는 밖으로 나와 맑은 공기를 들이마시고 펌프로 가 손과 얼굴을 씻은 다음 텐트로 돌아갔다.

냄새가 지독해요, 할머니.

나도 안단다.

그녀는 제이미를 침낭에 눕혀 잘 준비를 시켰고 보니는 그 옆 베개에 눕게 했다.

할머니는요?

우리도 여기서 잘 거야. 바로 네 곁에서.

밤새도록요?

그럼.

아이가 잠들었다. 한 시간 뒤 루이스와 애디도 텐트로 들어가 옷을 벗고 누워 손을 맞잡고 텐트의 그물망 창을 통해 별들을 바라보았다. 소나무 향이 날카롭게 풍겼다.

정말 근사하지 않아요? 애디가 말했다.

아침이 되자 그들은 팬케이크와 달걀, 베이컨으로 아침식사를 하고 캠프장을 정리한 다음 음식과 프라이팬들을 픽업트럭 뒤의 아이스박스와 상자에 넣고 고속도로에 올라 더 깊은 산속으로 달렸다. 모나크 패스를 지난 다음 콘티넨털 디바이드에서 차를 세우고 밖으로 나와 서쪽 산비탈을 내려다보았다. 그럴 시력이 되고 땅의 만곡을 뚫고 볼 수 있다면 산맥 너머 천마일 밖에 있는 태평양이 보일 것이었다. 정오에는 캠프장으로 돌아와 치즈 샌드위치와 사과를 먹고 옛날식 우물에 가 초록색 펌프 핸들을 작동하여 물을 올려 마셨다. 그러고는 노스 포크 크리크의 폭포로 하이킹을 가 폭포수가 그 아래 맑고 푸른 연못으로 떨어지는 모양을 앉아서 지켜봤다. 밑으로 내려가자 폭포 옆의 한결 더 시원한 공기가 얼굴 위로 내려앉았다.

캠프장으로 돌아온 뒤 애디와 루이스는 샛강 옆에 접는 의자를 놓고 앉아 책을 읽었고 제이미는 보니와 함께 주변 나무숲을 거닐었다.

산책 좀 갔다 와도 돼요? 아이가 말했다.

샛강을 따라 걸어보렴. 루이스가 말했다. 어느 쪽으로 흘러갈 것 같으냐?

저 아래로요.

왜?

모르겠어요.

아래로 흐르기 때문이지. 물은 언제나 더 낮은 데로 흘러가고 싶어 하거든. 너는 어디로 가고 싶니?

저쪽으로요.

거긴 내리막길이란다. 강 아래지. 여기 캠프장으로 돌아오려면 어떻게 해야 할까?

뒤돌아서요.

똑똑하구나. 샛강을 따라 걷다 우리 텐트로 돌아오거라. 할머니와 내가 기다리고 있으마. 한번 해보렴. 조금 갔다가 돌아오면 되니까. 보니랑 함께. 하지만 절대 샛강을 건너가면 안 된다. 이쪽에 있어야 해.

아이와 개는 캠프장을 떠났다가 돌아왔고 다시 조금 더 멀리 걸어가 돌덩이들을 뒤집어 반짝이는 운모를 들여다보고 커다란 바위 위에 올라가 물을 내려다보기도 했다. 그리고 다시 샛강 쪽으로 올라왔다.

무얼 보았니? 루이스가 말했다.

곰은 한 마리도 못 봤어요. 사슴은 있었고요.

그래, 보니가 어떻게 하던?

사슴을 보고 짖었어요. 그리고 뒤돌아왔어요. 그게 다였어요.

저녁에는 다시 작은 모닥불을 피웠다. 애디는 양파와 피망을 썰어 버터를 두른 프라이팬에 넣고 햄버거 패티와 토마토소스와 설탕 한 술과 우스터소스와 케첩 사분의 일 컵과 설탕과 후추와 출발하기 전 만들어온 소스를 추가하여 휘저은 다음 팬 뚜껑을 덮었다. 루이스와 제이미는 햄버거용 빵과

전날 먹고 남은 포테이토칩을 내오고 접시와 플라스틱 컵들로 테이블을 차렸다. 이어서 아이는 개와 함께 빈 물주전자를 갖고 펌프로 가 달고 신선한 물을 길어왔다. 세 사람은 밤이 내리는 모닥불 옆에 앉아 음식을 먹었다. 제이미는 보니에게 햄버거를 조금 떼어주고 루이스의 눈치를 살폈다. 루이스는 한쪽 눈을 찡긋하고 나무숲을 바라보았다.

오늘 밤엔 곰이 나올까요? 제이미가 말했다.

아닐 것 같다. 루이스가 말했다. 혹시 나와도 흑곰일 테고, 겁이 나지만 않는다면 우리를 해치지 않을 거야. 보니가 짖어 알려주겠지.

픽업트럭에서 한 마리 보고 싶어요. 차 안에서요.

그러면 좋지.

걱정되니? 애디가 말했다.

그냥 한 마리 보고 싶어요.

그들은 모닥불에 물을 부었다. 나무에서 김이 솟으며 연기가 피었다. 붉은 잉걸불이 깜박이며 사그라졌다. 루이스는 플래시를 켜들고서 제이미를 나무숲으로 데려갔다. 그리고 걸음을 멈추었다.

여기서 오줌을 누렴. 루이스가 말했다. 이렇게 껌껌할 때는 굳이 화장실까지 갈 필요 없어.

밖에서 누면 안 되는데요.

지금은 괜찮단다. 아무도 안 보잖아. 그가 플래시를 껐다. 동물들도 여기서 오줌 누는데 우리라고 한번쯤 못 할 것 없지.

그들은 숲에서 오줌을 누었다. 루이스가 플래시를 켜고 제이미에게 건네주었다. 흔들리는 불빛이 위아래로 오르내리며 나무와 관목들을 비추었다. 그들은 텐트로 돌아갔다.

이튿날 그들은 산을 벗어나 평원으로 차를 몰았다. 주말 야영객들이 어쩐지 산과는 잘 어울리지 않아 보이는 캠핑용 대형 트레일러를 달고 올라오고 있었다.

평원에 내려오자 대기가 뜨겁고 건조했다. 풍경도 전보다 단조롭고 나무도 없는 게 휑뎅그렁했다. 어둠이 내리고 나서야 집에 도착했다. 지친 그들은 샤워를 하자마자 두 개의 방에 들어가 잠들었다.

28.

팔월 초순 어느 날, 진이 그랜드 정선에서 찾아왔다. 애디와 제이미가 문 앞에서 그를 맞았다.

개가 있다더니 안 보이는구나. 진이 말했다.

루이스의 집에 있어. 제이미가 말했다.

루이스라고 불러?

응. 그러라고 하셨어요.

그들은 안으로 들어갔다. 진은 이층으로 짐을 옮겨 제이미와 개가 써오던 방의 침대 위에 올려놓았다.

아빠가 어렸을 때 쓰던 이 방에서 너랑 지낼게.

보니는 어떡하고?

우리와 여기서 같이 잘 수는 없겠는데.

늘 나하고 함께 자는데.

어떻게 되는지 한번 보자.

그들은 아래층으로 내려갔다. 오후 늦게 루이스가 보니를 데리고 인사를 하러 건너왔다. 제이미는 무릎을 꿇고 앉아 보니를 쓰다듬어준 뒤 함께 놀려고 마당으로 데리고 나갔다.

길가로는 나가지 마라. 진이 말했다.

매일 이렇게 놀아, 아빠. 아이와 개가 나갔다.

진이 루이스를 바라보았다. 선생님도 여기서 우리 어머니랑 지내신다더군요.

그러는 밤도 있네.

그게 도대체 뭐죠?

우선, 우정을 들 수 있지.

지금 뭐 하는 거니? 애디가 말했다. 다 알고 있으면서.

뭘 하냐고요? 내 어머니가 이웃 남자하고 자는 동안 내 아들이 딴 방에서 잔다는데 나는 물을 자격도 없는 건가요?

그래. 그래서 그게 너하고 무슨 상관인데?

내 아들이 여기 있는 한 상관있어요.

아무 일 없네. 루이스가 말했다. 아이에게 해될 일도 없고. 그럴 거라고 생각했다면 여기 오지도 않아.

선생님이 판단하실 일이 아니죠. 선생님이야 원하시는 걸 얻고 있는데 남의 아들이 걱정될 리 없고요.

나도 아이를 아끼고 있어.

그렇다면 그만두세요. 이 일로 아이가 나쁜 영향을 받는 것을 원치 않아요. 어렸을 적에 선생님 이야기 들었어요.

무슨 애길 들었지?

다른 여자랑 눈이 맞아 처자식을 팽개치고 떠났다는 얘기요.

40년도 더 된 일이야.

어쨌든 일어났던 일이죠.

그 일은 나도 유감이야. 하지만 그때로 돌아가서 고쳐놓을 수도 없는 일 아닌가. 루이스가 진을 잠시 바라보았다. 이만 가봐야겠네. 쓸데없는 일 같군.

이따 전화할게요. 애디가 그에게 말했다.

그가 일어서서 나갔다.

왜 이러니? 애디가 말했다. 뭐가 문제야?

내 아들이 상처받기를 원하지 않아요.

올여름 제 아빠 엄마 때문에 이미 상처받았다고는 생각 안 하고?

그래요. 그렇게 생각해요. 그런데 그게 악화되고 있어요.

모르는 소리 마라. 네가 두고 갔을 때보다 훨씬 좋아졌어. 그리고 사실로 말하자면 루이스가 아이에게 정말로 잘해주고.

엄마의 돈을 노리고 그러는 거 아니고요?

대체 무슨 소리야?

엄마랑 결혼하면 반은 루이스 차지가 되잖아요. 그러니 당연하죠.

결혼 같은 건 안 해. 그리고 그 사람 내 재산에 관심도 없어. 맙소사, 너 대체 나를 얼마나 하찮게 보는 거니?

진이 고개를 돌렸다. 이제 뭘 할지 모르겠어요. 새 출발을 해야 하는데.

내가 도와줄 거라는 걸 알잖니.

얼마 동안요?

필요한 동안. 그럴 수 있는 동안.

벌써 싫증나고 있잖아요. 그럴 만도 하고요.

어쨌든, 그래도 계속하고 있어. 너는 내 아들이야. 제이미는 내 손자고.

이틀 밤 연속, 보니는 루이스의 집에서 제이미는 아빠와 함께 이층 방에서 잤다. 둘째 날인 일요일 밤 악몽을 꾸고 울며 일어난 아이는 애디가 들어와 안아주고 그녀의 방으로 데리고 들어갈 때까지 울음을 그치지 않았다. 월요일에 진은 작별 인사를 하고 제 집으로 돌아갔다.

아빠가 떠나자 제이미는 루이스의 집으로 건너가 보니의 목에 끈을 매주고 발에는 보호용 튜브를 달아준 후 밖으로 나가 동네를 한 바퀴 산책했다. 그리고 애디의 뒷마당으로 가 그녀와 루이스가 지켜보는 가운데 개와 함께 놀았다.

어젯밤은 안 좋았어요. 애디가 말했다. 처음 왔을 때 같더군요. 악몽을 꾸고. 다시 시달렸어요. 진이 그러는데 베벌리가 두어 주 후 돌아온대요.

그러면 어떻게 되나요?

모르겠어요. 다시 잘해보려고 하겠죠. 한집에서 살 거고, 제이미는 학교에 가겠죠.

걔를 데리고 가도 되는데. 부모만 좋다면요.

좋다고 할지 모르겠어요.

물어보지 그래요. 도움이 될 거예요.

그들은 뒷마당의 제이미와 보니를 내다보았다.

오늘 밤 와도 되겠어요? 루이스가 말했다.

그러는 게 좋을 걸요. 이 엉큼한 영감님.

진이 나더러 엉큼하다고 한 건 아니죠?

안 했어도 나는 알아요. 그녀가 말했다.

29.

루이스가 말했다. 지난해 다이앤은 끔찍하게 시달렸어요. 그저 계속 아팠으니까요. 화학요법과 방사선치료를 받았지만 암은 속도를 좀 늦추었을 뿐 거기 그대로 있었어요. 절대로 완전히 몸 밖으로 나가지 않고. 암이 악화되면서 치료를 거부하고 그렇게 속절없이 쇠약해졌죠.

기억해요. 애디가 말했다. 돕고 싶었어요.

알아요. 당신이랑 다른 사람들도 음식을 가져왔죠. 고마웠어요. 꽃도 그렇고.

그런데 다이앤이 누워 있는 건 한 번도 못 봤어요.

그럴 거예요. 홀리와 나 말고는 아무도 이층으로 들이지 못하게 했으니까. 마지막 그 몇 달 동안은 누구에게도 자신의 모습을 보이고 싶어 하지 않았어요. 말도 안하려고 했어요. 그녀는 죽음을 두려워했어요. 내가 무슨 말을 해줘도 소용없었어요.

당신은 죽음이 두렵지 않아요?

옛날만큼은 아니에요. 일종의 내세를 믿게 됐거든요. 우리 본래 자아로, 영적 자아로 돌아가는 거라고, 거기로 돌아가기 전까지 그냥 이 물리적 육체에 깃들어 살 뿐이라고 생각해요.

나는 그런 게 안 믿어져요. 애디가 말했다. 어쩌면 맞을지도 모르죠. 맞으면 좋겠어요.

뭐 언젠가 알게 되겠죠? 하지만 아직은 아니에요.

그래요, 아직은 아니죠. 애디가 말했다. 나는 이 물리적 세계가 좋아요. 당신과 함께하는 이 물리적 삶이요. 대기와 전원, 뒤뜰과 뒷골목의 자갈들, 잔디, 선선한 밤, 그리고 어둠속에서 당신과 함께 누워 있는 것도요.

나도 그것들이 다 좋아요. 하지만 다이앤은 기진맥진했어요. 마지막에는 두려움이라는 것도 의식 못할 만큼 진이 빠지고 피로했죠. 그만 끝나주기를, 해방되기를, 고통의 종결을 원했어요. 마지막 몇 달간의 고생은 지독했어요. 통증도 엄청났고요. 진정제와 모르핀을 맞아도 그러데요. 그리고 사실 아직 두려워하곤 했어요. 밤에 그녀 방에 들어가 보면 깨어서 창밖의 어둠을 응시하고 있는 거예요. 뭐 도와줄 일 없어? 하고 물으면, 없어요, 했죠. 뭐 필요한 건? 없어요. 그냥 어서 끝났으면 좋겠어요, 그랬고요. 홀리는 제 엄마의 몸을 씻겨 주고 뭐라도 먹게 하려 애를 썼지만 배도 안 고픈지 아무것도 먹으려 들지를 않더군요. 어떻게 보면 자신이 스스로를 굶겨 죽이고 있다는 걸 알았을 거예요. 끝에 가서는 너무나 작고 연약해져버렸죠. 팔다리가 막대기 같았고 조그만 얼굴에서 눈만 불균형하게 컸어요. 보기에 처참했고 물론 자신에게는 그 이상이었을 거예요. 뭐든 해주고 싶었지만 이미 우리가 하고 있는 것 외에 더이상 해줄 게 없더군요. 호스피스 간호사가 매일 방문했어요. 좋은 간호사였고 덕분에 다이앤은 집에서 눈을 감을 수 있었어요. 무슨 일이 있어도 병원으로는 돌아가지 않으려고 했거든요. 그래서 그렇게 됐어요. 마침내 죽었어요. 홀리랑 내가 방에 있었죠. 다이앤은 그 크고 어두운, 응시하는 눈으로, 우리를 바라보았어요. 마치, 도와줘, 도와달란 말이야, 왜 날 도와주지 않는 거지? 하고 묻는 것 같았어요. 그러더니 숨을 멈추고 떠났어요.

영혼이 육체 위를 한동안 떠돈다고들 하는데 다이앤의 영혼도 그랬나 싶어요. 홀리는 제 엄마가 방 안에 있는 것처럼 느껴진다고 했고 나도 그랬던 것 같아요. 확실치는 않아요. 뭔가를 느꼈어요. 일종의 방사 같은 것을요. 하지만 아주 미세했어요. 어쩌면 무슨 숨결, 기미 같이요. 나도 몰라요. 어쨌든 적어도 이제 다이앤은 우리가 모르는 다른 곳, 더 높은 영

역에서 평화롭게 살고 있어요. 그건 내가 믿는 것 같아요. 그러고 있으면 좋겠어요. 그녀는 내게서 원했던 걸 얻지 못했거든요. 삶이, 결혼이 어때야 한다는 관념 같은 걸 갖고 있었는데 우리의 삶과 결혼은 거기서 멀었어요. 그런 점에서 나는 그녀를 실망시킨 셈이죠. 다른 남자였어야 했어요.

또 스스로에게 가혹하게 굴고 있네요. 애디가 말했다. 원하는 걸 다 얻고 사는 사람이 어디 있대요? 혹시 있대도 극소수일 거예요. 언제나 마치 눈먼 사람들처럼 서로와 부딪치고 해묵은 생각들과 꿈들과 엉뚱한 오해들을 행동으로 옮기며 사는 거예요. 물론 아직은 당신과 나는 그렇지 않아요. 당장은, 오늘은 아니에요.

나도 동감이에요. 하지만 당신도 내가 싫증나서 꺼져주기를 바라게 될지 모르죠.

그런 일이 생기면 멈추면 돼요. 그녀가 말했다. 그게 우리가 합의한 거잖아요. 정확히 말로 하진 않았지만요.

그래요. 내가 싫증나거든 말해요.

당신도요.

난 그럴 일 없을 것 같아요. 우리가 가진 이걸 다이앤은 한번도 누리지 못했어요. 내가 모르는 다른 누가 있었다면 몰라도. 하지만 아니었을 거예요. 그런 생각을 했을 리가 없어요.

30.

　팔월에는 홀트 카운티의 연례 축제마당이 있었다. 북쪽 장 터에서 로데오와 가축품평회 같은 행사가 열리곤 했다. 메인 스트리트 남단에서 옛 철도역까지의 퍼레이드로 축제는 시작됐다. 퍼레이드 전날부터 비가 왔다. 루이스와 애디는 레인코트를 걸치고 검은 쓰레기봉지에 구멍을 뚫어 제이미에게 씌워주었다. 세 사람은 메인 스트리트로 걸어가 길가에 줄지어선 다른 사람들 옆에 섰다. 궂은 날씨에도 길 양편에 인파가 가득했다. 축 늘어진 깃발들을 들고 물이 뚝뚝 떨어지는 소총들을 어깨에 멘 의장대가 먼저였다. 구형 트랙터들이 털털거리며 뒤를 따랐고 이어서 평상형 트레일러에 실린 낡은 콤바인들과 골동품이라 할 건초 갈퀴들과 잔디깎기 기계들, 그리고 다시 트랙터들이 퉁퉁 빵빵거리며 지나갔다. 다음 순서는 여름철이라 열다섯 명으로 규모가 준 고적대였다. 흰색 셔츠와 청바지가 흠뻑 젖어 몸에 찰싹 달라붙어 있었다. 카운티 공증인들을 태운 컨버터블 차량이 날씨 탓에 뚜껑을 닫고 지나간 다음 카우보이용 레인코트 차림으로 말을 탄 로데오 퀸과 시녀들이 능숙한 솜씨로 말을 다루며 지나갔다. 문에 광고를 붙인 최고급 차량들에 이어서 라이온스, 로터리, 키와니스, 슈라이너스 따위 클럽들의 고성능 고카트들이 마치 으스대는 뚱보 소년처럼 지그재그로 거리를 휘젓고 지나갔다. 노란 레인코트를 입고 말을 탄 사람들과 조랑말이 모는 마차가 지나간 다음 퍼레이드의 끝 무렵에는 이 지역 복음주의 교회가 평상형 트럭에 종교적 이미지가 실린 간판을 달고 나타났다. 트럭의 전면에는 커다란 나무십자가가 달렸고 긴 머리와 검은 수염에 흰 튜닉을 입은 젊은 남자가 우산을 들고 그 앞에 서 있었다. 그것을 본 루이스가 웃음을 터뜨리자 옆에 선 사람들이 고개를 돌리고 그를 노려봤다.

잘못했다간 낭패 봐요. 애디가 말했다. 이 사람들 심각하잖아요.

물 위를 걸을 수는 있어도 머리 위로 떨어지는 물은 못 피하는 모양이에요.

쉿. 그녀가 말했다. 예의를 지키세요.

제이미가 고개를 들고 그들이 정말 화가 난 건지 살펴보았다.

퍼레이드가 끝나자 홀트의 거리 청소원이 나타나 커다란

회전 브러시로 길바닥을 치웠다.

오후에 접어들어 비가 그쳤다. 그들은 장터로 가 차를 세우고 축사들을 둘러보았다. 매끈한 몸매의 말들과 꼬리를 부풀리고 손질한 소들에 이어 우리 안 시멘트 바닥에 밀짚을 깔고 누워 숨을 헐떡이며 귀를 팔락거리는 분홍빛 뚱뚱한 돼지들도 보았다. 그리고 염소들과 깔끔하게 털을 깎은 양들을 거쳐 토끼와 닭장들을 지나 카니발 장소에 다다랐다. 제이미와 애디는 대관람차에 탔다. 루이스는 멀미가 난다고 했다. 꼭대기에 오르자 그녀는 아이에게 메인 스트리트와 곡물창고와 급수탑과 시더 스트리트의 집을 손가락으로 가리켜 보여줬다.

우리 집이 보이니?

아니요.

바로 저기야. 큰 나무들 있는 곳.

그래도 안 보여요.

그들은 도시 경계 너머의 광활한 전원을 내려다보았다. 농가와 헛간과 바람막이들이 보였다. 이어서 소총 사격과 공 던지기 따위의 게임들을 좀 하고, 제이미는 원뿔형 종이덮개에 담긴 분홍색 솜사탕을 먹고 애디와 루이스는 차가운 슬러

146

시를 마셨다. 돌아다니며 사람들 구경을 한 다음 애디와 루이스는 다시 대관람차에 올랐다. 이제 늦은 오후였다. 경기장에서 로데오 함성이 들려왔고 그랜드스탠드 반대쪽에서는 아나운서의 크고 활기찬 목소리가 들렸다. 로데오 입장권을 사지 않았지만 한쪽 구석으로 내려가 담장 너머로 밧줄로 송아지 잡기와 황소 타기 같은 경기들을 보았다. 4분의 1마일 흙길 경마시합도 있었다. 눈앞에 질주하는 말들, 경주를 마친 다음 족쇄를 달고 서 있는 기수들과 콧구멍을 벌리고 흥분해 있는 말들을 보고 나서 그들은 차로 돌아가 집으로 갔다. 제이미가 루이스의 주방에서 보니를 데리고 나왔고 그들은 현관 앞에서 저녁식사를 했다. 날이 저물어가고 있었다.

31.

　루이스가 자신의 집에 이어 애디의 집 잔디까지 깎고 기계 꽁무니에 모인 깎인 잔디를 외바퀴 손수레에 붓자 제이미가 수레를 밀어 곰팡내 나는 뒷골목 쓰레기더미에 버리고 돌아와 더 실었다. 일이 끝나자 루이스는 호스를 수도에 연결하여 기계를 씻은 다음 헛간에 갖다 넣었다.

　그가 헛간 구석의 생쥐 둥지 상자를 열었다.

　그 생쥐들을 다시 보게 될까요?

　그럴지도 모르지. 루이스가 말했다. 계속 살펴봐야 할 거야.

　어디로 갔을지 궁금해요. 어미가 새끼들을 찾았는지도 궁금하고요.

　그들은 애디의 주방으로 가 아이스티를 마시고 옆 마당 그늘에서 공 던지고 받기를 했다. 애디도 따라 나왔다. 보니는 공을 쫓아 앞뒤로 달리고 공중으로 뛰어올랐으며 바닥에 맞고 튄 공을 입에 물고 그들이 잡을 때까지 빙글빙글 돌았다.

정오에 루이스는 보니를 두고 집으로 돌아갔다. 제이미는 낮은 소리로 말을 걸면서 보니랑 점심을 먹고 이층의 더운 방으로 올라갔다. 보니가 발치에 누워 잠이 들자 아이는 휴대전화를 갖고 놀다 엄마에게 전화를 걸었다.

곧 만날 거야. 아이 엄마가 말했다. 내가 말했지? 이제 집에 돌아갈 거야.

아빠는 뭐래?

좋다고 했어. 엄마아빠는 다시 노력해보기로 했어. 기쁘지 않니?

언제 올 건데?

한두 주 후에.

집에서 살고?

당연하지. 그럼 어디서 살아?

모르겠어. 다른 곳일 수도.

제이미, 엄마는 너랑 있고 싶어.

그리고 아빠랑도.

그래, 아빠랑도.

32.

며칠 후 저녁, 애디와 루이스와 제이미는 동쪽 고속도로에 있는 왜건 휠 레스토랑에 갔다. 커다란 창 옆 테이블에 앉았다. 남쪽으로 밀밭 풍경이 보였다. 저녁놀 아래 그루터기가 아름다웠다. 음식을 주문하고 나자 한 나이든 남자가 다가와 빈자리에 무거운 몸을 앉혔다. 긴팔 셔츠와 새 청바지 차림에 얼굴은 붉고 넓으며 체구가 크고 건장한 남자였다.

루이스가 말했다. 애디 무어 잘 알지, 스탠리?

알고 싶은 만큼은 모르지.

애디, 그 유명한 스탠리 톰킨스예요.

유명한 게 아니라 악명 높다고 해야 하지 않을까?

그리고 여기는 애디의 손자 제이미 무어라네.

손아귀 힘 좀 보자, 꼬마야.

제이미가 손을 내밀어 스탠리의 두터운 손을 잡고 흔들었다. 노인이 움찔하는 시늉을 하자 아이가 그를 쳐다보았다.

둘이 만난다고 들었네. 스탠리가 말했다.

애디가 날 견뎌주고 있는 거지. 루이스가 말했다.

내게도 다른 누군가에 대한 희망이 있지 않을까 생각하게 되더군.

애디가 그의 손을 토닥여줬다. 고마워요. 희망이란 그런 거죠, 안 그래요?

늙은 밀 농부를 안아줄 사람 혹시 몰라요?

이제부터 찾아볼게요. 그녀가 말했다.

전화번호부에 내 이름 있어요. 연락해줘요.

그래, 어떻게 지내고 있나? 루이스가 말했다.

늘 똑같지 뭐. 아들 녀석이 밀을 팔아서 라스베가스로 토꼈어. 은행에 넣은 푼돈으로는 성이 차지 않았던 게지. 브러시에서 온 여자를 데리고. 난 본 적도 없는데 예쁘기는 한가 봐.

함께 가지 그랬나.

제기랄. 그가 제이미를 보았다. 실례했다, 아가야. 낯선 사람들과 앉아 카드 장난이나 하는 게 난 재미없어. 자네 아니면 이곳 누구라도 집으로 불러 포커를 함께 친다면 그건 다른 얘기겠지만. 상대방을 잘 아니 더 재미있을 거야. 그것도 그렇고 어쨌든 난 도시는 별로야.

밀 농사는 어땠어?

올해는 퍽 괜찮았다네, 루이스. 광고하며 다니고 싶진 않지만 근래 몇 년 중 가장 풍작이었어. 비가 적시에 그것도 많이 내려줬고 우박도 없었잖아. 남쪽의 이웃들은 우박 피해를 입었다더군. 여기는 전반적으로 운이 좋았던 거지.

웨이트리스가 음식을 가져왔다.

저런, 내가 식사를 방해하고 있었군. 그가 자리에서 일어나 다시 아이에게 손을 내밀었다. 이번에는 살살 해다오. 아이가 머뭇거리며 손을 내밀어 살짝 만졌다. 좋아, 또 보세.

잘 지내게.

뵙게 되어 반가웠습니다, 무어 부인.

저녁을 먹은 다음 그들은 북동쪽에 있는 톰킨스의 농장으로 가 차를 세워놓고 별빛 아래 밀밭을 바라보았다. 그루터기가 모두 고르고 실해 보였다.

농사가 퍽 잘된 것 같네요. 루이스가 말했다. 다행이에요. 몇 년간 안 좋았거든요. 스탠리뿐 아니라 다요.

올해는 아니군요. 애디가 말했다.

그래요. 올해는 아니에요.

33.

칼은 일요일 아침 교회에서 죽었어요. 애디가 말했다. 알고 있죠?

네. 기억해요.

팔월이었고 교회는 더웠어요. 그는 더운 여름날도 항상 정장을 입었어요. 사업가니까 보험 세일즈맨이니까 그래야 한다고 생각했죠. 칼에게는 체면이랄까, 그런 관념이 있었어요. 이유가 뭔지, 누가 상관이나 하는지 나야 몰랐지만, 본인에게는 중요했던 거예요. 목사 설교가 반쯤 지났을 때 그가 내게 기대는 것이 느껴졌어요. 자나 보다, 생각했죠. 자게 놔두자. 지쳤으니까. 그런데 몸이 앞으로 꺾이더니 머리가 앞좌석 등받이에 세게 부딪쳤어요. 붙잡아보았지만 그냥 몸이 접힌 채 바닥으로 나둥그라지더군요. 몸을 굽혀 그에게로 다가가 속삭여보았어요. 칼, 칼. 주변의 사람들이 그를 바라보았고 칼의 옆에 앉았던 남자는 자리에서 미끄러져내려 나와 함께 칼을 일으키려고 했어요. 목사가 설교를 중단했고 다른 사람들도 일어나 도와주려고 왔죠. 구급차를 불러요, 누군가가 외쳤어요. 우리는 칼을 바닥에서 일으켜 신도석에 눕혔어요. 내가 인공호흡과 흉부압박을 해봤지만 이미 떠나버린 후였어요. 구급대원들이 들어왔죠. 병원으로 이송하고 싶으세요, 그들이 묻더군요. 나는, 아니에요, 장의사에게로 데려가 줘요, 했어요. 옮기기 전에 검시관이 확인해야 합니다, 그러더군요. 그래서 검시관이 오기를 기다렸고 마침내 그가 나타나서 칼의 사망을 선언했어요.

구급차가 칼을 장의사의 집으로 옮겼고 진과 나는 차를 몰고 따라갔죠. 장례 책임자는 안쪽 방에 칼의 시신과 함께 우리를 남겨두었어요. 뭐랄까 공식적이고 조용한 방이었어요. 화학 처리를 하는 작업실이 아니라요. 화학 처리는 원하지 않는다고 나는 말했어요. 진 역시 같은 생각이었고요. 대학을 다니다 여름방학을 맞아 내려와 있던 중이었죠. 그래서 우리는 칼의 시신이 놓인 그 방에 앉아 있었어요. 진은 시신을 만지려 하질 않더군요. 나는 그 얼굴 위로 허리를 굽혀 입을 맞췄어요. 이미 차갑게 식어 있었고 눈이 좀체 감기지를 않았어요. 실내가 섬뜩하고 괴이하다 할까요, 그러면서도 아주 고요했어요. 진은 끝내 시신을 만지지 않고 방에서 나갔어요. 두어 시간 나 혼자 있었어요. 의자를 시신 옆에 끌어다

놓고 앉아 허리를 구부려 그의 손을 만져보면서 우리가 괜찮았던 그 모든 시간을 떠올렸어요. 그리고 결국 작별 인사를 하고 장례 책임자를 불러 이제 됐으니 시신을 화장해달라고 요청한 뒤 수속을 했답니다. 모든 게 너무 갑작스러웠어요. 일종의 최면 상태 비슷했어요. 충격에 빠져 있었던 거죠.

그랬을 거예요. 당연해요. 루이스가 말했다.

그런데 지금도 그게 확실히 다 보여요. 그 딴 세상에 있는 것 같은 느낌, 꿈속에서 움직이면서 하게 될 줄 몰랐던 결정들을 내리는. 내가 무슨 말을 하고 있는지 모르겠는 감각, 그런 것들이요.

진의 상심이 몹시 컸어요. 하지만 말은 안하더군요. 그런 면에서 제 아버지와 비슷해요. 통 말이 없는 사람들이었어요. 진은 여기서 일주일을 보내고 학교로 돌아갔어요. 아파트 주인과 이야기가 잘 돼서 예정보다 일찍 들어갈 수 있었고 여름 내내 거기서 보내더군요. 서로 도울 수 있었다면 좋았을 텐데 그렇게 되지 않았어요. 나만 해도 충분한 노력을 못 기울였고. 아이가 여기 있어줬으면 했지만 서로에게 도움이 안 될 게 분명했어요. 우리는 그저 상대를 회피했고, 어쩌다 아이에게 아버지 이야기를 꺼내면, 그만두세요, 엄마, 이제 다 괜찮아요, 하는 거예요. 다 괜찮지가 않았죠. 진은 칼에 대해 쌓인 분노와 억울한 마음이 컸어요. 아직도 거기서 벗어나지 못한 것 같고, 그것은 제이미와의 관계에도 일부분 영향을 미치고 있어요. 저와 제 아버지 사이에 일어났던 일들을 되풀이하고 있는 느낌이에요.

다른 사람의 인생을 고쳐줄 수는 없잖아요. 루이스가 말했다.

늘 고쳐주고 싶어 하지만, 뜻대로 되지 않죠.

34.

어느 일요일, 그들은 주방 테이블에 앉아 아침 커피를 마셨다. 〈포스트〉 지에 실린 덴버 공연예술 센터의 새 시즌 연극 프로그램 광고를 본 애디가 말했다. 홀트 카운티에 대한 그 마지막 소설을 상연한다는데요? 죽어가는 노인과 목사에 대한 이야기요.

다른 두 작품을 이미 했으니까 이번 것도 하는 거겠죠. 루이스가 말했다.

이전 작품들을 봤어요?

봤어요. 그런데 목장 주인 둘이 임신한 소녀를 거둬들인다는 건 상상이 잘 안 되더군요.

그럴 수도 있어요. 그녀가 말했다. 사람들은 의외의 일들을 할 수 있으니까요.

글쎄요. 루이스가 말했다. 어쨌든 작가의 상상력이겠죠. 그는 홀트 거리의 지명들, 시골의 풍경, 특정 장소의 위치 같은 세부 사실을 홀트로부터 빌려왔지만, 그래도 실제와는 달라요. 인물들 또한 이곳 사람들과는 다르고. 그것들은 다 허구인 거죠. 그런 늙은 형제에 대해 들어본 적 있어요? 그런 일이 여기서 일어났어요?

알지도, 아니 듣지도 못했어요.

전부 상상력의 산물인 거예요. 그가 말했다.

그 작가가 우리 둘에 대한 책도 쓸 수 있겠네요. 그럼 어쩔 것 같아요?

나는 어떤 책에도 나오고 싶지 않아요. 루이스가 말했다.

하지만 우리 이야기가 그 늙은 목장 주인들의 이야기보다 더 황당하진 않잖아요.

이건 다르죠.

어떻게 다른데요? 애디가 말했다.

글쎄요, 이건 우리니까. 우리는, 내게 황당하지 않아요.

처음에는 그렇게 생각했었죠?

어떻게 받아들여야 할지 감이 안 잡혔어요. 마치 당신한테서 기습을 당한 것 같았으니까.

지금은 괜찮지 않아요?

좋은 기습이었으니까요. 기습이 아니었다는 건 아니고. 다만 당신이 어떻게 내게 그런 제안을 할 생각을 했을지 아직도 이해가 잘 안 돼요.

말했잖아요. 외로움 때문이라고요. 밤에 누군가와 대화를
하고 싶었다고요.

용감한 일 같아요. 당신은 모험을 감행한 거예요.

맞아요. 하지만 뜻대로 안 됐다고 해도 더 나빠질 게 없었
거든요. 거절당한 데 대한 굴욕감은 있었겠지만. 그리고 혹
시 거절해도 다른 사람들에게 이야기를 옮길 사람 같진 않았
고, 그러면 당신과 나만 아는 일일 거라고 생각했어요. 근데
이제 다 아는 일이 돼버렸어요. 벌써 몇 달째예요. 이제 우리
는 해묵은 뉴스예요.

해묵은 뉴스조차 안 되죠. 사실로 말하자면 해묵은 뉴스도
뜨거운 뉴스도 못돼요. 루이스가 말했다.

당신은 뉴스이고 싶어요?

아뇨, 절대요. 난 그냥 하루하루 일상에 주의를 기울이며
단순하게 살고 싶어요. 그리고 밤에는 당신과 함께 잠들고요.

그래요, 우리는 지금 그렇게 살고 있죠. 우리 나이에 이런
게 아직 남아 있으리라는 걸 아무도 예상하지 못했을 거예
요. 아무 변화도 흥분도 없이 모든 게 막을 내려버린 게 아니
었다는, 몸도 영혼도 말라비틀어져버린 게 아니었다는 걸 말
이에요.

그런데 우리는 사람들이 상상하는 그걸 하고 있지도 않잖

아요.

하고 싶은가요? 애디가 말했다.

전적으로 당신에게 달렸어요.

35.

팔월 끝 무렵의 토요일, 진이 산맥을 넘어 홀트를 찾아왔다. 제이미를 데리고 가려는 것이었다. 오후 늦게 도착한 그는 어머니와 아들을 끌어안았다. 그리고 제이미와 보니를 데리고 산책을 나갔다.

보니가 좋아?

물론이지.

그런데 왜 안 만져? 한 번도 쓰다듬어주지 않잖아.

진이 허리를 굽혀 보니의 머리를 쓰다듬고 정다운 말을 속삭여줬다. 그리고 그들은 그 블록을 한 바퀴 돌고 뒷골목을 통해 집에 돌아왔다. 저녁식사 후 진은 이층 뒷방의 더블베드 위에서 제이미와 보니와 함께 잤다. 루이스는 오지 않았다.

아침에 그들은 짐을 쌌다. 제이미의 옷과 장난감과 야구용품, 그리고 보니의 그릇과 사료를 모두 챙겼다. 제이미가 말했다. 루이스에게 작별 인사를 하고 와야 해.

가야 되는데.

잠깐만, 아빠. 갔다 와야 해.

그럼 금방 와야 돼.

루이스는 집에 없었다. 문을 열고 루이스의 이름을 부르고 방마다 들여다보았지만 소용없었다. 아이는 울면서 돌아왔다.

나중에 전화하면 되잖아. 진이 말했다.

그거랑 달라.

더이상 못 기다려. 집에 도착할 때면 벌써 어두워져 있을 거야.

애디는 아이를 꼭 껴안아주고 말했다. 할머니한테 전화해 줘, 알았지? 네가 어떻게 지내는지, 학교는 어떤지 알고 싶으니까. 제이미가 그녀에게 매달렸다. 그녀는 천천히 손의 힘을 풀었다. 꼭 전화해줘야 해.

전화할게요, 할머니.

그녀는 진에게 입을 맞추었다. 마음을 여유롭게 가져라.

알아요, 엄마.

그랬으면 좋겠다. 너도 전화해주고.

그들은 일어섰다. 제이미와 보니가 뒷좌석 창문으로 길가에 서 있는 그녀를 바라보았다. 아이는 울고 있었다. 차가 보이지 않을 때까지 애디는 거기 서 있었다. 날이 어두워져도 루이스가 나타나지 않자 그녀는 전화를 걸었다. 어디 있어요? 안 올 거예요?

가도 될지 모르겠어서.

아직도 이해를 못하네요. 나는 당신처럼 혼자 앉아 생각에 잠기고 문제를 정리하고 그러기가 싫어요. 당신이 와주기를, 나와 이야기를 해주기를 원해요.

먼저 좀 씻고요.

안 씻어도 돼요.

아니, 씻어야 해요. 한 시간 안에 갈게요.

그는 언제나처럼 면도와 샤워를 하고 어두운 저녁, 이웃집들을 지나 애디의 집에 도착했다. 현관 앞에 앉아 기다리던 그녀가 층계 위에 서서 다 보이는 곳에서는 처음으로 그에게 입을 맞추었다. 어떤 때는 정말이지 외고집이라니까. 그녀가 말했다. 대체 언제쯤이나 깨달을는지 모르겠어요.

내가 지진아인 줄은 몰랐는데. 아마 그런가 봐요.

나에 관한 한 지진아예요.

내가 당신을 어떻게 생각하는지, 당신이 내게 얼마나 중요한지, 그건 알아요. 하지만 나도 당신에게 그런 의미일 것이라는 생각이 도저히 안 들어요.

그 얘기는 됐어요. 그건 내 문제가 아니라 당신 문제니까요. 이제 이층으로 올라가요.

두 사람은 침대에 올라가 어둠속에서 서로를 껴안았다. 그녀가 말했다. 어떻게 될지 모르겠어요.

아직도 우리에 대해 얘기하는 거예요?

아들과 손자, 그리고 아이 엄마에 대해서 하는 말이에요. 떠날 때 울더군요. 왠지 알아요?

당신이 그리울 테니까요.

그래요. 그녀가 말했다. 하지만 당신에게 작별 인사를 못해 울더라고요. 어디 있었어요?

차를 몰고 시골로 나갔었는데 나선 김에 필립스를 찾아가 점심을 먹기로 한 거예요. 오후 늦게야 돌아왔죠.

떠나기 전에 아이가 당신 집에 건너갔어요. 그만큼 당신을 좋아한 거예요.

나도 그 아이가 좋아요.

진 내외가 전보다 나아지기를 바랄 뿐이에요. 여름 동안 뭐라도 깨우쳤을지 모르죠. 벌써 걱정이 돼요.

나한테 한 말 잊었어요? 사람들의 인생을 고쳐줄 수는 없다는 거?

그건 당신한테 한 말이죠. 그녀가 말했다. 난 아니에요.

흠, 그렇군요. 루이스가 말했다.

아, 이렇게 당신 옆에서 이야기를 나누니 벌써 기분이 좋아져요.

　아직 별 이야기도 안 했는데요?

　그래도 벌써 훨씬 좋아요. 당신 덕분이에요. 이 모든 것에
감사해요. 내가 아주 행복한 여자라는 느낌이 다시 들어요.

36.

제이미가 떠난 뒤 그들은 이 도시 사람들 모두가 그들이
하고 있으리라고 짐작했지만 사실 하지 않았던 그 일을 해보
았다. 루이스는 이제 방에서 옷을 벗기 시작했다. 침대 시트
아래 누운 애디에게 등을 보이고 잠옷으로 갈아입은 후 뒤돌
아서자, 그가 모르는 새에 그녀는 시트를 걷어낸 채 알몸으
로 누워 있었다. 침대 옆 램프에서 은은한 불빛이 피어나고
있었다. 그가 그대로 서서 그녀를 바라보았다.

그렇게 서 있지 말아요. 그녀가 말했다. 떨린단 말이에요.

떨 것 없어요. 그가 말했다. 아름다우니까요.

엉덩이와 아랫배에 살이 너무 붙었어요. 이 늙은 몸뚱어
리. 난 이제 늙은 여자예요.

아, 늙은 무어 부인. 당신은 나를 완전히 사로잡았답니다.
딱 적당해요. 이렇게 보이는 게 맞아요. 무슨 열세 살 소녀처
럼 가슴도 엉덩이도 없는 건 말이 안 되잖아요.

글쎄요, 전에는 어쨌는지 몰라도 지금은 그렇지가 않네요.

나도 이렇게 됐는걸요. 그가 말했다. 배가 불룩 튀어나왔어요. 팔다리는 노인처럼 가늘어져버렸고.

내게는 좋아 보여요. 그녀가 말했다. 그나저나 계속 거기서 있네요. 눕지 않을 거예요? 밤새도록 그렇게 서 있을 거냐고요?

루이스가 잠옷을 벗고 침대 안으로 들어가자 그녀가 가까이 다가와 손을 잡고 입을 맞췄다. 그도 옆으로 돌아누워 그녀의 입을 맞추고 어깨와 가슴을 만졌다.

누가 이래준 것이 정말 오랜만이에요. 그녀가 말했다.

나도 이래본 것이 정말 오랜만이에요.

그가 다시 그녀의 입을 맞추며 몸을 만졌다. 그녀가 그를 가까이 끌어당기자 그는 침대 안에서 몸을 일으켜 그녀의 위로 올라가 얼굴과 목과 어깨에 입을 맞추며 움직이기 시작하더니 잠시 후 동작을 멈추었다.

무슨 일이에요?

발기가 유지가 안 되네요. 늙은이 고질병인가 봐요.

전에도 문제가 있었어요?

아니에요. 하지만 여러 해 동안 안 해본 일이니까요. 시인이 말했듯 흐물흐물한 시간이 온 거겠죠. 이제 난 한낱 늙은 개자식일 뿐이에요.

어둠 속에서 그가 다시 그녀 곁에 누웠다.

기분이 안 좋아요? 그녀가 말했다.

네, 조금. 무엇보다도 당신을 실망시킨 것 같아서요.

그러지 않았어요. 뭐, 처음이잖아요. 시간이 앞으로 얼마나 많은데.

텔레비전에서 광고하는 그 약을 먹어볼까 싶어요.

아, 그럴 필요 없을 거예요. 우리 다음에 다시 해봐요.

37.

어느 날 저녁, 날이 어두워지자 그들은 초등학교 운동장으로 갔다. 루이스가 애디를 커다란 그네 위에 앉혔다. 선선한 저녁 공기 속에서 그녀는 앞으로 치솟았다 내려와 뒤로 올라가기를 반복했다. 치맛단이 무릎 위에서 펄럭거렸다. 집으로 돌아온 그들은 이층 앞쪽 방에 들어가 열린 창으로 들어오는 여름 밤 공기를 느끼며 알몸으로 나란히 누웠다.

그리고 그들은 그녀가 전에 그랬듯이 덴버로 가 유서 깊고 아름다운 호텔 브라운 팰리스에서 하룻밤을 보냈다. 열린 안뜰과 로비, 거기서 오후와 저녁 내내 연주를 계속하는 피아노 연주자가 인상적이었다. 방이 삼층에 있었는데 난간 아래로 탁 트인 안뜰이 다 내려다보였다. 피아노 연주자, 테이블에 앉아 차나 칵테일을 마시는 사람들, 호텔 바에서 왔다 갔다 하는 웨이터들, 그리고 밤이 깊어지면서 바에 또는 흰 테이블보 위의 잔과 은그릇들이 은은하게 빛나는 레스토랑에 들어가는 사람들을 지켜보다가 자신들 또한 레스토랑으로 내려가 식사를 하고 방으로 돌아왔다. 애디는 몇 년 전 덴버에서만 입을 용도로 구입했던 값비싼 드레스들 중 하나로 갈아입었고, 그들은 밖으로 나가 16번 스트리트의 쇼핑몰까지 걸어 셔틀버스를 타고 커티스 스트리트에서 내려 덴버 센터까지 다시 걸어 로비를 거쳐 왼쪽의 극장에 도착했다. 여직원의 안내를 받아 자리에 앉은 두 사람은 커다란 홀과, 이야기를 나누며 들어오는 사람들을 둘러보았다. 연극이 시작됐다. 검은 바지와 넥타이, 흰 셔츠를 입은 무대 위 남자들이 자신들의 임무에 관해 노래를 불렀다. 관객들은 이따금 흥겨워했다. 애디와 루이스는 손을 맞잡고 관람하다 중간 휴식시간에 화장실에 들렀다. 여자 화장실 쪽의 줄이 길었다. 루이스가 먼저 자리에 가 앉았고 애디는 공연이 재개되기 직전에 돌아왔다.

아무 말도 말아요. 그녀가 말했다.

알았어요.

여자들은 시간이 더 걸리고 화장실 칸도 더 많아야 한다는 걸 왜 모를까요?

그야 뻔하죠. 그가 말했다.

남자들이 설계를 하기 때문이에요.

그들은 공연을 마저 보고 극장 앞 조명이 밝게 비치는 밖으로 나와 택시를 잡아타고 호텔로 돌아갔다.

술 한 잔 하겠어요? 그가 말했다.

딱 한 잔만요.

그들은 호텔 바로 들어가 안내받은 테이블에 앉아 와인 한 잔씩을 마신 다음 엘리베이터를 타고 방에 돌아가 옷을 벗고 커다란 킹사이즈 침대 위로 올라가 불을 껐다. 레이스 커튼 사이로 스며드는 거리의 불빛밖에 없었다.

신나지 않아요? 그녀가 말했다.

정말 그렇군요.

그녀가 그에게 바짝 다가갔다.

더는 불가능할 만큼 행복해요. 그녀가 말했다. 지금은 이게 바로 내가 원하는 거고 내일은 우리 침대로 다시 돌아가는 거예요.

모든 것에는 때와 장소가 있다, 뭐 그런 거죠? 그가 말했다.

자, 이 커다란 호텔 침대에서 내게 입을 맞출 건가요, 말 건가요?

그러고 싶던 참이에요.

아침이 되자 그들은 레스토랑에 내려가 늦은 아침식사를 하고 짐을 쌌다. 주차원이 루이스의 차를 호텔 앞까지 몰고 나와 짐을 실어주었다. 루이스는 기분이 좋아 팁을 두둑하게

주었다. 그들은 한가롭게 국립 고속도로 34번을 타고 고원 지대로 나가 포트 모건과 브러시를 지나서 홀트로 돌아왔다. 바람막이와 소읍들의 가로수, 그리고 농가 주변을 빼면 나무 한그루 없이 평평하기만 했다. 하늘에는 구름 한 점 없었으며 지평선에도 푸른 하늘밖에는 없었다.

오후에 홀트에 도착했다. 루이스는 애디의 짐을 침실까지 옮겨준 다음 차를 갖고 자기 집으로 돌아가 짐을 풀었다. 그리고 어두워지자 밤을 함께 보내러 그녀의 집으로 건너갔다.

38.

노동절을 맞아 그들은 동쪽으로 고속도로를 달려 치프 크리크에 갔다. 샛강은 물이 얕고 모랫바닥이었다. 양쪽으로 잔디와 버드나무가 자라 있었고 밀크위드도 보였다. 소들이 뜯어먹어 잔디는 키가 작았다. 샛강에서 조금 떨어진 뒤편 산책로에는 커다란 사시나무들이 서 있었다. 애디가 점심 바구니를 내왔고 루이스는 차 트렁크에서 갈퀴와 삽을 꺼내 나무 밑에 말라붙은 똥 조각들을 긁어냈다. 소들이 바람을 피해 서서 눈 것이었다.

전에 와본 적 있나 봐요. 애디가 말했다. 준비를 해갖고 온 걸 보니.

흘리가 어렸을 때 함께 오곤 했어요. 흐르는 물과 그늘이 있는 거의 유일한 곳이니까요.

아, 근사해요. 산은 아니지만 홀트 카운티 치고 이 정도면 훌륭해요.

맞아요.

혹시 누가 나타나 우릴 쫓아내는 건 아니겠죠?

아닐 거예요. 빌 마틴 소유인데, 전에도 개의치 않았어요.

아는 모양이네요.

당신도 알 텐데, 아니에요?

이름만 알죠.

그 집 아이들을 가르쳤거든요. 다들 영리했어요. 말썽꾸러기들이었지만 머리들은 좋았죠. 다 이곳을 떠나 살고요. 빌은 그게 섭섭할 거예요. 젊은 아이들은 여기서 살기 싫어하니까.

애디는 치워진 바닥에 담요를 펼쳤다. 그들은 앉아 닭튀김과 양배추 샐러드와 당근과 포테이토칩과 올리브를 먹은 뒤 애디가 한 쪽씩 잘라 가져온 초콜릿 케이크를 아이스티와 함께 먹었다. 그리고 담요에 드러누워 머리 위에서 흔들리는 초록빛 나뭇가지들과 잔잔한 바람에 비틀리고 퍼덕이는 나뭇잎들을 쳐다보았다.

얼마 후 루이스가 일어나 앉아 신발과 양말을 벗고 바짓단을 말아올린 뒤 모래 바닥 맑은 물속에 발을 담그고 양 손바닥을 모아 물을 퍼 얼굴과 팔을 적셨다. 애디도 신발과 양말을 벗고 여름 원피스를 무릎 위로 끌어올려 발을 물에 담갔다.

더운 날에는 이게 최고죠. 나는 여기 처음 와봐요. 어떻게 홀트 카운티에 이런 데가 있다는 것조차 몰랐을까요.

나랑 같이 타녀요. 그가 말했다. 배우는 게 많을 거예요, 아가씨.

루이스가 셔츠와 바지와 속옷을 벗어 풀밭 위에 올려놓고 물속으로 들어가 첨벙대며 앉았다.

좋았어요. 애디가 말했다. 당신이 그럴 거라면 뭐. 그녀가 원피스를 위로 올려 벗어내고 속옷까지 벗고는 찬 물속, 루이스의 곁으로 갔다. 혹시 누가 본대도 상관없어요. 그녀가 말했다.

그들은 마주보고 앉아 뒤로 몸을 눕혔다. 얼굴과 손과 팔을 빼면 두 사람 다 하얬고 자족한 듯 조금 분 몸이었다. 물살이 손가락 밑으로 모래를 밀어내는 것이 느껴졌다.

시간이 좀 흐르고 그들은 물에서 나와 물기를 닦아내고 옷을 입었다. 그리고 더운 오후, 나무 그늘아래서 낮잠을 자고 일어나 다시 샛강에 들어가 몸을 식힌 뒤 남은 음식을 싸서 홀트로 돌아왔다. 루이스가 집 앞에서 내려주자 애디는 피크닉 바구니를 갖고 안으로 들어갔고, 그도 집에 돌아와 차를 세우고 삽과 갈퀴를 헛간에 갖다 놨다. 집안에 들어서는 순간, 전화벨이 울렸다.

여기로 좀 와줘야겠어요. 애디가 말했다.

무슨 일 있어요?

진이 왔어요. 우리한테 할 말이 있대요.

바로 갈게요.

진은 거실의 애디 맞은편 소파에 앉아 있었다.

그가 말했다. 앉으세요, 루이스.

루이스가 그를 바라보고 애디에게 다가가 입에 키스를 했다. 보란 듯이 그랬다. 그리고 자리에 앉았다.

무슨 일이지?

본론으로 들어갈게요. 진이 말했다. 오후 내내 기다렸어요.

우리가 어디 갔다 왔는지 말해줬어요. 애디가 말했다.

대단한 곳도 아니더군요.

어떻게 활용하는지, 누구랑 함께 있는지가 중요한 거지. 루이스가 말했다.

그래서 여기 온 거예요. 이 일, 그만두세요.

우리가 함께하는 것에 관한 말인가? 루이스가 말했다.

밤에 우리 어머니 집에 슬그머니 기어들어오는 것 말이에요.

슬그머니 기어들어오는 사람 없어. 애디가 말했다.

옳은 말씀이에요. 남부끄러운 줄도 아예 모르더군요.

남부끄러울 일도 없고.

두 분 연세에 그렇게 밤에 만난다는 것, 그게 남부끄러울 일이죠.

그동안 정말 즐거웠어. 너랑 베벌리도 루이스와 나만큼 좋은 시간을 보냈으면 싶단다.

아버지가 여기 계신다면 뭐라 하시겠어요?

아무런 말 안 했을 거야. 그렇다고 승인하지도 않았겠지만. 그럴까 생각을 했다 해도 실제로 그럴 수 있는 사람은 아니었지.

맞아요. 승인하지 않았을 거예요. 아버지는 분별력이 더 있었으니까요. 자신의 위치를 보다 분명하게 파악할 줄 알았으니까요.

맙소사. 내 나이 일흔이야. 동네 사람들이 뭐라고 생각하건 하나도 신경 안 쓴다. 사실 우리 사이를 지지하는 사람들도 없지 않고.

못 믿겠는데요.

네가 믿건 안 믿건 상관없다.

나는 상관있어요. 내 어머니를 덴버로 데려가고, 내 아들을 산으로 데려가고, 또, 참 어이가 없네요, 두 분이 아이를 데리고 한 침대에서 잤다니, 기가 막혀서.

그걸 어떻게 아니? 애디가 말했다.

알 것 없어요. 그냥 알아요. 대체 무슨 생각을 하신 거예요?

아이 생각을 했네. 루이스가 말했다. 두려워하고 있었거든. 아이를 달래주러 데려온 거야.

그래요. 이제 매일 밤 울거든요. 그게 여기서 시작된 거죠.

네가 아이를 여기 두고 갔을 때 시작된 거지. 애디가 말했다.

엄마, 아시잖아요. 내가 왜 그랬는지, 내가 아들을 사랑한다는 것도.

그런데 왜 그걸 못해주니? 그냥 사랑해줄 수 없니? 착한 아이야. 원하는 건 그것밖에 없는 아이라고.

아버지가 나한테 했던 것처럼 말인가요?

네 아버지가 네게 항상 친절하지만은 않았다는 건 나도 알아.

친절이라고요? 맙소사, 카니 누나가 죽은 뒤론 날 거들떠보지도 않았어요.

진이 눈을 닦았다. 그리고 루이스를 바라보았다. 어머니랑 떨어지시고 내 아들도 그냥 두세요. 우리 어머니 돈에 눈독 그만 들이시고요.

진, 그만하지 못해? 애디가 말했다. 더이상 아무 말도 마

라. 도대체 왜 이러니?

루이스가 소파에서 일어섰다. 내 말 잘 듣게. 자네 생각이 그렇다니 유감이로군. 자네 아들이나 어머니에게 해를 끼칠 생각은 추호도 없어. 하지만 자네 어머니가 그러라고 하기 전까지는 떨어지지 않겠네. 그리고 자네 어머니 돈 따위에는 눈곱만큼도 관심 없어. 할 말이 남았다면 내일 하기로 하지.

루이스가 허리를 굽혀 애디에게 입을 맞추고 나갔다.

네가 수치스럽다. 애디가 말했다. 할 말이 없어. 이 모든 게 구역질이 나고 한없이 슬프구나.

저 사람을 만나지 마세요.

그날 밤 애디는 시트로 얼굴을 덮고 창 반대편으로 돌아누워 울었다.

39.

진과 그 일이 있은 뒤로도 애디와 루이스는 계속 만났다. 그는 밤에 그녀의 집에 왔지만 이제 전과 달랐다. 예전의 편안한 즐거움과 발견의 분위기가 없었다. 차츰 루이스가 오지 않는 날이 생겼고 애디 또한 루이스와 함께 누워 있기보다는 혼자서 책을 보고 싶은 밤이 늘었다. 그녀는 옷을 벗고 그를 기다리기를 멈췄다. 그가 오는 날이면 아직도 손을 잡긴 했지만 그것은 다른 무엇보다 습관과 쓸쓸함, 그리고 예감된 외로움과 낙심 때문이었다. 마치 다가올 무엇에 대비하여 이런 순간들을 비축해두려 하는 것 같았다. 그들은 깨어 말없이 함께 누워 있을 뿐 이젠 사랑을 나누지도 않았다.

그러던 어느 날, 애디는 손자에게 전화를 걸어보았다. 뒤에서 제이미가 울고 있는데 진은 바꿔주지 않았다.

왜 이러는 거니? 애디가 물었다.

아시잖아요. 해야 한다면 나는 하는 사람이에요.

너 정말 못됐구나. 이건 잔인해. 이럴 줄은 몰랐다.

어머니에게 달렸어요.

어느 날 오후, 아이가 혼자 있을 시간에 전화를 다시 걸어보았다. 하지만 아이는 통화를 하려 하지 않았다.

화낼 거예요. 아이가 말하고 울기 시작했다. 보니도 데려갈 거고요. 전화도 빼앗아갈 거예요.

오, 맙소사. 애디가 말했다. 알았다, 아가.

그 주 중반, 루이스가 찾아오자 그녀는 주방으로 데리고 갔다. 그에게는 맥주를 주고 자신이 마실 와인도 한잔 따랐다.

얘기를 하고 싶어요. 여기 밝은 데서요.

뭔가 더 변한 거로군요. 그가 말했다.

더는 못하겠어요. 그녀가 말했다. 이렇게 계속할 순 없어요. 이런 날이 올 줄 알았어요. 내 손자와의 접촉이, 아이와 함께하는 삶이 내게는 필요해요. 내게 남은 건 그 아이밖에 없으니까요. 아들 내외는 별 의미가 없어요. 관계가 완전히 부서졌고, 걔들도 나도 돌이킬 수 없다고 봐요. 하지만 아직 손자 아이만큼은 원해요. 이번 여름, 그게 확실해졌어요.

아이가 당신을 사랑하죠.

그래요. 내 가족 중 유일하게요. 나보다 오래 살 테고 내가 죽을 때 함께 있어줄 아이예요. 다른 아이들은 원하지 않아요. 사실 아끼지도 않아요. 그 아이들이 결딴을 냈으니까. 진은 믿지 못하겠어요. 또 무슨 짓을 할지 이제는 짐작조차 안 가요.

집으로 돌아가라는 말이죠.

오늘 밤은 말고요. 하룻밤만 더. 그렇게 해줄래요?

우리 둘 중에 당신이 더 용감한 사람이라고 생각했는데요.

더이상 용감하지 못하겠네요.

제이미가 제 엄마아빠 말을 듣지 않고 먼저 전화할 수도 있지 않을까요?

아직 아닐 거예요. 못해요. 이제 겨우 여섯 살이에요. 열여섯 살이라면 몰라도. 그렇게 오래 기다리진 못해요. 그 전에 죽을 수도 있고요. 그렇게 긴 세월을 아이와 단절되어 살아갈 수는 없어요.

그러니까 이게 우리의 마지막 밤이군요.

네.

두 사람은 이층으로 올라갔다. 어둠속에서 침대에 누워 그들은 이야기를 조금 더 했다. 애디는 울었다. 그가 그녀의 몸에 팔을 둘러 끌어안았다.

우리는 좋은 시간을 보냈어요. 루이스가 말했다. 당신 덕에 나도 많이 변했고요. 고마운 마음이에요. 감사해요.

지금 비꼬고 있는 거죠?

그럴 생각 없어요. 진심이에요. 당신은 내게 좋은 사람이었어요. 그 이상 더 뭘 원할 수 있겠어요? 당신과 함께한 후 난 이전보다 나은 사람이 되었어요. 당신 덕분이에요.

아, 여전히 친절하군요. 고마워요, 루이스.

집 바깥의 바람 소리를 들으며 그들은 누워 있었다. 새벽 두 시에 루이스는 일어나 화장실에 갔다. 침대로 돌아와서 그는 말했다. 아직 깨어 있군요.

잠이 안 오네요. 그녀가 말했다.

네 시에 그는 다시 일어나 옷을 입고 잠옷과 칫솔을 종이봉지에 담았다.

지금 가요?

그러려고요.

밤이 아직 몇 시간 더 남았어요.

미루면 뭐하나 싶어서요.

그녀가 다시 울기 시작했다.

그는 아래층으로 내려가 집으로 걸어갔다. 늙은 나무들과 집들이 온통 검고 괴이해 보였다. 하늘은 아직 어두웠고 아무것도 움직이지 않았다. 거리에 지나가는 차도 없었다. 집에 돌아온 그는 동쪽 창을 물들이는 일출의 첫 기미를 보며 침대에 올라가 누웠다.

40.

　가을이 되고 아직 날씨가 괜찮은 동안, 루이스는 밤이면 밖으로 나가 애디의 집 앞을 지나치며 그녀 방의 불빛을 올려다보곤 했다. 탁자 위의 그 친숙한 램프, 커다란 침대와 짙은 색 목재 옷장이 놓인 침실, 복도 건너의 화장실이 눈에 보이는 것 같았다. 그러면서 그 방의 전부와 어둠속에 누워 이야기를 나누던 밤들과 그 모든 친밀함을 떠올렸다. 그러던 어느 날 밤, 그녀가 창가에 나타났고 그는 멈추어 섰다. 그녀가 그를 보고 있다는 몸짓이나 신호는 전혀 없었다. 집에 돌아간 그는 그녀의 전화를 받았다. 이제 그러지 마요.

　뭘 말인가요?

　집 앞을 지나가는 거요. 내가 못 참겠어요.

　이제 여기까지 왔군요. 내가 뭘 해도 되고 뭘 하면 안 되는지 당신의 지시를 따르도록, 그것도 내가 사는 동네에서 말이에요.

　당신이 집 앞을 지나가고, 그러는 당신을 상상하고, 혹시 그럴까 궁금해 하고, 그럴 수가 없어요. 당신이 우리 집 앞에 있을 것을 상상하며 살 수 없다고요. 물리적으로 당신과 끊어져야만 해요.

이미 그런 줄 알았는데요.

밤에 집 앞을 지나다니면 그럴 수 없죠.

그리하여 그는 그 친숙한 집을 밤에는 지나치지 않았다. 낮 동안은 상관없었다. 그리고 식료품점이나 거리에서 몇 번 마주쳤지만 서로를 보며 안녕하세요, 하는 것이 다였다.

41.

어느 밝은 날 정오 직후 혼자 시내에 나와 있던 애디는 메인 스트리트의 길가에서 미끄러졌다. 무엇이든 붙들어 자빠지지 않으려 했지만 허사였다. 길바닥에 누워 있는 그녀에게 몇 명의 여자들과 두어 명의 남자들이 다가와 도우려 했다.

일으키지 말아요. 그녀가 말했다. 뼈가 부러진 것 같아요.

여자 하나가 그녀 곁에 무릎을 꿇고 앉았고 남자 하나는 재킷을 벗어 머리 밑에 넣어주었다. 구급차가 올 때까지 그들이 있어줬다. 병원에서 한쪽 골반이 부러졌다는 말을 듣고 그녀는 진에게 전화를 해달라고 부탁했다. 진은 곧바로 달려왔고 덴버 병원으로 옮기는 것이 좋겠다는 결정이 내려졌다. 그래서 그녀는 구급차에 실려 홀트를 떠났고 진도 차를 몰아 따라왔다.

사흘 후 루이스는 종종 만나는 남자들과 제과점에 앉아 있었다. 돌런 베커가 입을 열었다. 그녀 소식은 들어 알고 있겠지?

무슨 소리야?

애디 무어 말이야.

애디 무어가 어쨌는데?

골반이 부러졌대. 덴버로 옮겼다더군.

덴버 어디에?

그건 모르고. 거기 병원들 중 하나겠지.

집으로 돌아간 루이스는 덴버의 병원들에 전화를 돌린 끝에 그녀가 입원한 곳을 찾아냈다. 이튿날 그는 덴버로 차를 몰아 이른 오후에 도착했다. 접수계에서 병실 안내를 받아 엘리베이터를 타고 사층에서 내려 복도를 걸어 그녀의 병실 앞 문간에 가 섰다. 진과 제이미가 그녀에게 이야기를 하며 앉아 있었다.

루이스를 발견한 애디의 눈에 눈물이 올라왔다.

들어가도 될까요? 그가 말했다.

안 돼요. 어림도 없어요. 진이 말했다. 아무도 환영하지 않아요.

부탁이네, 진. 인사라도 하게 해주게.

오 분이에요. 그가 말했다. 더는 안 돼요.

루이스가 방에 들어와 침상 발치에 섰다. 제이미가 다가와 그에게 매달렸고 루이스도 아이를 끌어안았다.

보니는 어떻게 지내니?

이제 공도 잡아요. 공중으로 뛰어올라 확 물어요.

잘됐구나.

가자. 진이 말했다. 나갔다 올게요, 엄마. 딱 오 분, 그뿐이
에요.

진과 제이미가 나갔다.

앉지 그래요. 그녀가 말했다.

루이스가 의자 하나를 끌어와 그녀 곁에 앉았다. 그리고
그녀의 손을 잡고 거기 입을 맞췄다.

그러지 말아요. 그녀가 말하며 손을 거두었다. 지금 이 한
순간뿐이에요. 그게 우리에게 허락된 전부예요. 그녀가 그의
얼굴을 바라보았다. 내가 여기 있다고 누구한테 들었어요?

제과점에서 그 작자한테서요. 그자가 내게 도움이 될 줄
누가 알았겠어요. 괜찮아요?

그럴 거예요.

내가 도와주도록 허락할래요?

안 돼요. 제발. 그만 가세요. 오래 있어서는 안 돼요. 변한
것은 없어요.

하지만 퇴원하면 도움이 필요해요.

집으로 돌아가지 않을 거예요.

무슨 말이에요?

진이 다 조치해놓았어요. 그랜드 정선의 양로시설로 들어가요.

아예 안 돌아온다고요?

그래요.

맙소사, 애디. 나는 당최 아무것도 납득이 안 돼요. 이건 당신답지 않아요.

어쩔 수가 없어요. 가족을 지켜야 하니까요.

내가 그 가족이 돼줄게요.

당신이 죽고 나면 어떻게 되는데요?

그러면 진이랑 제이미와 살면 돼요.

안 돼요. 아직 적응이 가능할 때 해야만 해요. 아주 늙어버릴 때까지 기다릴 수 없어요. 그러면 변화할 수 없을지도 모르고 선택의 여지가 아예 없을 수도 있어요. 이제 그만 가요. 그리고 돌아오지 말아요. 너무 힘들어요.

그는 허리를 굽혀 그녀의 입과 눈에 입을 맞추고 방에서 나가 복도를 거쳐 엘리베이터까지 갔다. 엘리베이터 안에 있던 여자가 그의 얼굴을 한번 보더니 눈길을 거두었다.

42.

어느 날 밤, 그녀는 자신의 아파트에 앉아 그에게 전화를 했다. 나랑 얘기해줄래요?

긴 침묵이 흘렀다.

루이스, 내 말 듣고 있어요? 그녀가 말했다.

더이상 얘기하지 않기로 한 줄 알았는데요.

해야겠어요. 이렇게는 못 살겠어서요. 처음 시작하기 전보다 더 나빠졌어요.

진은 어쩔 건데요?

모르게 하면 돼요. 밤에 전화로 이야기해요.

그러면 정말 진의 말대로 슬그머니 기어들어오는 꼴이잖아요. 은밀하게요.

상관없어요. 너무나 외로워요. 당신이 몹시 보고 싶어요. 나랑 얘기해주지 않을래요?

나도 당신이 보고 싶어요. 그가 말했다.

지금 어디 있어요?

집 안에서 어디 있냐는 거예요?

침실이에요?

네. 책을 읽고 있었어요. 이거 무슨 폰섹스 같은 건가요?

그냥 두 사람의 노인이 어둠속에서 대화하는 거예요. 애디가 말했다.

43.

애디가 말했다. 지금 괜찮아요?

그래요. 방금 막 이층으로 올라왔어요.

음, 당신 생각을 하고 있었어요. 정말이지 못 견디게 당신과 얘기를 하고 싶었어요.

잘 지내요?

오늘도 제이미가 학교 마치고 왔어요. 그래서 함께 동네를 걸었고요. 보니도 데리고 왔더군요.

끈은 달아줬고요?

그럴 필요가 없었어요. 그녀가 말했다. 제이미가 그러는데 제 아빠랑 엄마가 소리를 지르며 많이 다툰대요. 내가, 그럴 때 너는 어떻게 하니? 하고 물었더니, 그냥 내 방으로 가요, 하더군요.

아이 생각을 하면 그래도 당신이 거기 있다는 게 좋은 일이겠죠. 루이스가 말했다.

애디가 말했다. 오늘은 뭘 했어요?

아무것도요. 눈을 좀 치웠어요. 당신 집 블록에도 길을 내 놓았고요.

왜요?

그러고 싶었어요. 당신 집에 세 들어 사는 사람들이 나와서 내게 말을 걸데요. 좋은 사람들 같았어요. 그래도 아직 당신 집이잖아요. 루스의 집도 아직 그녀의 집이고요.

나도 그런 느낌이긴 해요.

뭐, 많은 게 변했죠.

지금 침대에 누워 있어요. 그녀가 말했다. 내 방에요. 벌써 말했나요?

아니에요. 뭐 그럴 거라고 짐작은 했어요.

덴버의 그 연극이 곧 올라와요. 표 썩히지 말고 그냥 가서 보지 그래요?

당신 없이는 안 갈래요.

홀리를 데려가도 되고요.

그러고 싶지 않아요. 당신이 쓰지 그래요?

나도 당신 없이는 안 가요. 그녀가 말했다.

웬 낯선 사람들이 우리 자리에 앉겠군요. 우리에 대해서는 아무것도 모르고서요.

왜 자리가 남았는지도 모르겠죠.

아직도 내가 전화하는 것은 원치 않는 거예요? 내가 시작하는 건 안 돼요?

누가 방에 함께 있을 수도 있으니까요. 들통 날지 모르잖아요.

처음 시작했을 때 같군요. 처음으로 돌아가 시작하는 것 같아요. 거기서 당신이 테이프를 끊고. 다만 이젠 조심한다는 것만 다른가요?

어쩌면 계속인 건지도 몰라요. 그녀가 말했다. 아직도 이야기를 하고 있으니까요. 우리가 원하는 만큼, 이어지는 만큼은요.

오늘 밤에는 무슨 얘기를 하고 싶어요?

그녀가 창밖을 내다보았다. 유리창에 비친 자신의 모습이 보였다. 그 너머는 칠흑이었다.

당신, 거기 지금 추워요?

밤에 우리 영혼은

첫판 1쇄 펴낸날 2016년 10월 5일
첫판 11쇄 펴낸날 2024년 9월 6일

지은이 | 켄트 하루프
옮긴이 | 김재성
펴낸이 | 박남주

펴낸곳 | (주)뮤진트리
출판등록 | 2007년 11월 28일 제2015-000059호
주소 | 서울시 마포구 토정로 135 (상수동) M빌딩
전화 | (02)2676-7117 팩스 | (02)2676-5261
전자우편 | geist6@hanmail.net
홈페이지 | www.mujintree.com

ISBN 978-89-94015-97-2 03840

• 책값은 뒤표지에 있습니다.